3

QR Code朗讀
隨看隨聽

精修 **關鍵字版**

絕對合格

新制對應

日檢必背

文法
考試都在這

N3

＋3回模擬考題

金牌作者群　吉松由美・田中陽子・西村惠子
林勝田・山田社日檢題庫小組

QR Code

山田社
Shan Tian She

U0080214

前言 preface

鮮明亮相！激活日語的超能力入口，您只需一秒連線，立即點亮進步之光！
這簡直比翻頁還快！
因此，
為了迎合讀者和學校的熱情呼聲，
特別推出了《精修關鍵字版新制對應絕對合格！日檢必背文法 N3》
的「QR 碼線上音檔版」了。
只要掃描 QR 碼，即刻連結，學習變得輕盈愉悅，實力飆升不停歇！

> 五彩斑斕的筆記、書上滿天星斗的重點，
> 考試時腦袋卻像空城一般？嘿，我懂，您不是唯一。
> 其實，一大堆重點＝沒有重點，畫了＝白費力氣！
> 只有關鍵字，像魔法丸子，將繁瑣資料壓縮成精髓，是記憶的開關。

　　這些關鍵字，考試時就像是一位幫您解鎖的神秘特工。

　　將一個個散落的知識碎片拼湊成完整的畫面，讓您輕鬆連接 "字" 和 "句"，"句" 和 "文"，讓您輕鬆斬獲高分。

　　不再被五彩斑斕的筆記迷惑，專注於關鍵字，進入考試準備的黃金時刻！

　　「關鍵字」是什麼玩意兒？放輕鬆，別把它想得太神祕，其實它就像是你考試的神隊友。它們是資訊的精華，找到寶藏的藏寶圖，能讓您在考試海量內容中游刃有餘，簡直比吃速食餐還要快！

　　我們可以把「關鍵字」想像成魔法棒，只要一揮，它就會瞄準資料的核心，啟動了我們的五感和聯想力，直接送進您的大腦。這樣您不但可以事半功倍，還能在考試後長期記得住，成績自然水漲船高。

　　本書不僅列出了新制日檢 N3 文法的 138 個項目，還贈送了每個項目的「文法記憶法寶」。這就像是為每個寶藏點上了一盞明燈，等著您去發現。透過運用「關鍵字」，可以直接進入腦海，您將能迅速找到重要的信息，省下更多的時間，同時也能更長時間地保持記憶。不僅考試成績優異，生活中也能運用自如！

　　想要在日語考試中大放異彩嗎？別再跟著悶悶的文法書打交道了！這裡有 6 個超強招式，讓您的學習脫胎換骨，迎接日語的新境界：

★「文法重點關鍵字」： 您的隱形盾牌：它們不只讓您的記憶如磐石般穩固，更是打開日檢高分寶庫的鑰匙！

★「生活情境小劇場 × 軟萌插圖」：這不是枯燥的例句，而是一場鮮活的生活盛宴！文法將在您眼前生動上演！

★「N3 文法 × 多義細分例句」：一舉掌握多重用法，告別迷茫與徘徊。這不僅是個人表演，而是文法的狂歡派對！

★ 想成為「類義大師」嗎？我們有巧妙的對照學習法助您駕馭相似與對立的技巧，讓您游刃有餘地掌握文法。

★「文法速記表秘籍」：抓住重點的秘密武器，讓您打造專屬學習藍圖，系統化學習，一切盡在手中！

★「文法升級挑戰」＋「口語文法小祕方」延伸備齊進階用法，完勝日檢、超越顛峰！

★ 最後，我們準備了「3 回必勝全真模擬試題」。這絕非玩笑，這是 100% 的命中目標的關鍵秘密！

　　不必總是埋頭苦讀，才能在日語考試中大展拳腳。策略才是王道，掌握方法，擊中考試關鍵，您也能輕鬆征服日檢，日語之路無往不利！

本書有 8 招絕妙的全面日檢學習對策，不僅讓學習事半功倍，還能讓您的記憶永遠存在！

1. **神奇口訣：擁有神奇的「瞬間記憶法寶」！**—為什麼文法解釋總是晦澀難懂？因為它們被藏在叢林中，等待您來發現。這本書創新地在每項文法解釋前加入了「關鍵字」，就像給您一張寶藏地圖一樣，讓您輕鬆找到寶藏。這些關鍵字將文法精華壓縮成易於消化的膠囊，讓您考試時能快速喚醒記憶，激發聯想，高分輕鬆擒來！

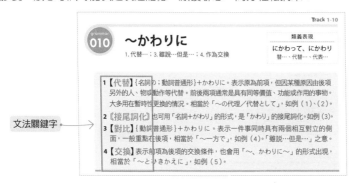

2. **戲劇體驗：學習過程，就像參加了一場超豐富的日常生活小劇場表演！**—在這本書中，我們巧妙地將每個文法融入一個充滿創意的小劇場場景中，就像在看喜劇表演一樣。每個文法都伴隨著一幅引人入勝的插圖，有時候，它們會讓您笑破肚皮！更重要的是，每個文法都會伴隨著一句常用的日常用語，所以您可以立刻在真實情境中應用所學，讓您的語感快速進步。

我們的目標是，讓您在學習的過程中不僅樂在其中，還能享受到使用日語的樂趣，同時提高您的語言技能，就像是坐上了學習之快車，瞬間提升！

3. **多義細分：學習文法的殺手鐧。**──文法知識的多樣性意味著同一規則可能會因前面接續的詞語境等因素而呈現不同的面貌。舉例來說，考慮到「～てみせる」這個結構具有以下含義：一為了讓對方了解，實際做動作示範「做給…看」；二、展現說話人的意志跟決心「一定要…」許多同學反映，文法的使用情況讓他們感到困惑，尤其是在選擇答案時更是一頭霧水。

因此，本書對符合 N3 文法程度的各種使用情況進行了詳細劃分，並提供了相應的例句這樣，當您在考試中遇到問題時，能夠快速且準確地選出正確答案，不再感到困惑。我們的目標是讓您在文法細分的世界中游刃有餘，成為真正的日語大師！

而且，我們不只如此，為了更能滿足 N3 級的考試要求，我們還貼近時事、日常生活等內容，讓您能夠輕鬆應對文法考試的挑戰！

這招可以説是為年輕人量身訂製的，既有實力又有幽默感，助您在文法考試的戰場上一戰成名！

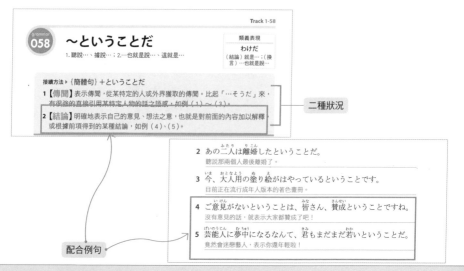

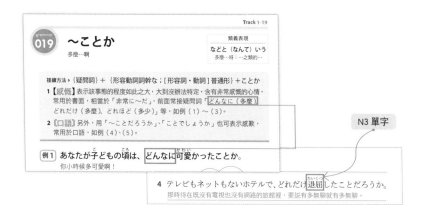

4. 深化差異：相近文法比一比，就是我們的「彩虹練習法」！ ── 您知道嗎？有時候，同一個句子在日常對話和正式場合會有截然不同的表達方式。這種微妙的差異常常會在考試中考察，例如用不同的詞彙來表示類似或相反的概念。因此，熟悉這些不同的表達方式至關重要。

在我們的書中，我們精選了 N3 級文法考試所需的類似表達方式，這項招數不僅能豐富您的學習體驗，還將使您在考試中游刃有餘，信心滿滿地面對挑戰！畢竟，學習也可以充滿彩虹色彩，不是嗎？

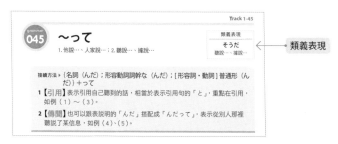

5. 高效策略：自訂讀書進度，一旦掌握，考試如臂使指！ ──嗨，學習冒險家們，這招可是我們的"好朋友"，一旦掌握，考試如臂使指！我們搞了一份文法速記表，簡潔明了，所有精華都集結其中，而且配備了清晰的中文解釋，就像您的文法導航儀，總能指引您走向高分之路！

更狠的是，我們為您準備了學習計畫表，輕鬆規劃學習進度。這樣，學習不再是個無頭蒼蠅，而是像一場精心策劃的冒險，每一步都充滿成就感。就像是自備 N3 文法秘籍的冒險家，準備好探索高分的奇妙世界了嗎？

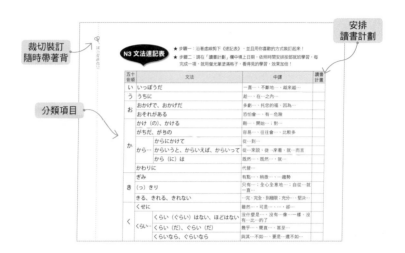

裁切裝訂
隨時帶著背

分類項目

安排
讀書計劃

N3 文法速記表

★ 步驟一：沿著虛線剪下《速記表》，並且用你喜歡的方式裝訂起來！
★ 步驟二：請在「讀書計劃」欄中填上日期，依照時間安排按部就班學習，每完成一項，就用螢光筆塗滿格子，看得見的學習，效果加倍！

五十音順	文法		中譯	讀書計劃
い	いっぽうだ		一直…、不斷地…、越來越…	
う	うちに		趁…、在…之內…	
お	おかげで、おかげだ		多虧…、托您的福、因為…	
	おそれがある		恐怕會…、有…危險	
か	かけ（の）、かける		剛…、開始…；對…	
	がちだ、がちの		容易…、往往會…比較多	
	から	からにかけて	從…到…	
		からいうと、からいえば、からいって	從…來說、從…來看、就…而言	
		から（に）は	既然…、既然…、就…	
	かわりに		代替…	
き	ぎみ		有點…、稍微…、…趨勢	
	（っ）きり		只有…、全心全意地…；自從…就一直…	
	きる、きれる、きれない		…完、完全、到極限；充分…、堅決…	
く	くせに		雖然…、可是…；…卻…	
	くらい	くらい（ぐらい）はない、ほどはない	沒什麼是…、沒有…像…一樣、沒有…比…的了	
		くらい（だ）、ぐらい（だ）	幾乎…、簡直…、甚至…	
		くらいなら、ぐらいなら	與其…不如…、要是…還不如…	

6. **難度飆升：進階做好萬全準備，破解日檢通關密碼，成功就在指尖！**──邁入 N3 的大魔王關卡──口語表現，是否讓您感到瀕臨崩潰？在各單元間，我們為您整理了日語口語小專欄，以及創意無限的文法升級小專欄共 7 回，讓您在消化基礎文法知識後，向上「展翅翱翔」！呈現給您一個豐富多彩又邏輯清晰的深度教學，為您提供迎戰日檢的關鍵得分點（如口語縮約型的變化等），做足了萬全準備，成功自然觸手可及！

　　經過這 7 帖加味良藥的整治，概念不再霧颯颯，就像破繭而出一樣脫胎換骨，搖身一變，成為日檢達人。

補充專欄

命中考點：100% 模擬考試，像小說中的謎題一一解鎖！——接下來，我們帶您走進模擬考場，這可不是玩鬧的時候了！書末的章節中，我們準備了 3 場超真實的模擬考題，每一題都像是懸疑小說中的謎題，等待您一一解鎖。像是一場刺激的遊戲，透過不斷的嘗試和挑戰，您將邁向勝利之巔！這些題目由我們的日語能力測驗專家親自編寫，精心設計，完全契合最新版的日檢考試標準。我們也為您提供了詳細的解題分析，幫您一一攻破考試的重點困難！準備好拿出您的文法利劍，向高分發起衝擊吧！

透過這些模擬題，您不僅可以立即了解自己的學習效果，還能洞察考試的全貌，讓您有更強的實戰應對能力。彷彿您已經參加了一場完美的考試訓練班！

如果您迫不及待想挑戰全方位的模擬考題，我們強烈推薦您使用《N3 學霸攻略 QR 朗讀闖關王者！新日檢 6 回全真模擬 N3 寶藏題庫＋通關解題【讀解、聽力、言語知識〈文字、語彙、文法〉】》，這可是練兵備戰的絕佳選擇！

問題說明
應試訣竅

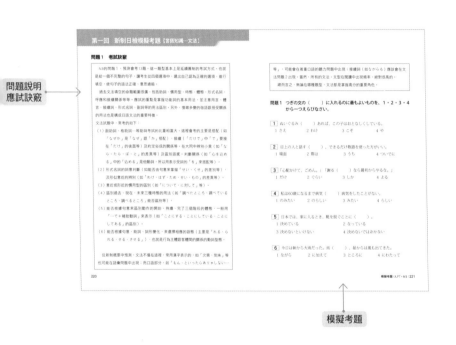

模擬考題

8. **聽力致勝：本書有大招，靠眼睛看文字，還得靠耳朵辨音哦！**─嘿，別以為學日文只是學黑文字，聽力也超重要！本書可是有大招，所有的日文句子都是由日籍專業老師來示範的，我們保證，發音、語調，統統對標 N3 新制考試標準。

不僅如此，您會在學文法的同時，順便熟悉 N3 程度的發音，這可不是光靠眼睛看文字還得靠耳朵辨音哦！這樣一來，您不僅聽得懂，還能懂得更多，思考也更靈活，日文基礎也會更結實。您想要合格的證書嗎？那就一起來提升您的聽力技能吧！

要是您還想更上一層樓，我們極力推薦搭配《隨看隨聽 朗讀 QR Code 精修版 新制對應絕對合格！日檢必背聽力N3》，這可是您通往更璀璨未來的快車道！別再猶豫了，聽力致勝未來無限！

最後，

在這趟精進日文的旅途中，只需些微改變，就能讓您的日文水平飆升！別停下腳步，持之以恆，結果將會迥然不同。本書將一路陪伴您走過準備考試的旅程，一起見證學習的神奇魔法！而且，我們還附贈了線上音檔讓您能夠充分利用通勤、品茶時光等零碎時間來學習，學習都將如影隨形！怎麼學，怎麼考，只要堅持，成功必屬於您！

目錄
contents

詞性說明

詞　性	定　義	例（日文／中譯）
名詞	表示人事物、地點等名稱的詞。有活用。	門^{もん}（大門）
形容詞	詞尾是い。說明客觀事物的性質、狀態或主觀感情、感覺的詞。有活用。	細^{ほそ}い（細小的）
形容動詞	詞尾是だ。具有形容詞和動詞的雙重性質。有活用。	静^{しず}かだ（安靜的）
動詞	表示人或事物的存在、動作、行為和作用的詞。	言^いう（說）
自動詞	表示的動作不直接涉及其他事物。只說明主語本身的動作、作用或狀態。	花^{はな}が咲^さく（花開。）
他動詞	表示的動作直接涉及其他事物。從動作的主體出發。	母^{はは}が窓^{まど}を開^あける（母親打開窗戶。）
五段活用	詞尾在ウ段或詞尾由「ア段＋る」組成的動詞。活用詞尾在「ア、イ、ウ、エ、オ」這五段上變化。	持^もつ（拿）
上一段活用	「イ段＋る」或詞尾由「イ段＋る」組成的動詞。活用詞尾在イ段上變化。	見^みる（看） 起^おきる（起床）
下一段活用	「エ段＋る」或詞尾由「エ段＋る」組成的動詞。活用詞尾在エ段上變化。	寝^ねる（睡覺） 見^みせる（讓…看）
變格活用	動詞的不規則變化。一般指カ行「来る」、サ行「する」兩種。	来^くる（到來） する（做）
カ行變格活用	只有「来る」。活用時只在カ行上變化。	来^くる（到來）
サ行變格活用	只有「する」。活用時只在サ行上變化。	する（做）
連體詞	限定或修飾體言的詞。沒活用，無法當主詞。	どの（哪個）
副詞	修飾用言的狀態和程度的詞。沒活用，無法當主詞。	余^{あま}り（不太…）

詞　性	定　義	例（日文／中譯）
副助詞	接在體言或部分副詞、用言等之後，增添各種意義的助詞。	〜も（也…）
終助詞	接在句尾，表示說話者的感嘆、疑問、希望、主張等語氣。	か（嗎）
接續助詞	連接兩項陳述內容，表示前後兩項存在某種句法關係的詞。	ながら（邊…邊…）
接續詞	在段落、句子或詞彙之間，起承先啟後的作用。沒活用，無法當主詞。	しかし（然而）
接頭詞	詞的構成要素，不能單獨使用，只能接在其他詞的前面。	御_お〜（貴〈表尊敬及美化〉）
接尾詞	詞的構成要素，不能單獨使用，只能接在其他詞的後面。	〜枚_{まい}（…張〈平面物品數量〉）
寒暄語	一般生活上常用的應對短句、問候語。	お願_{ねが}いします（麻煩…）

關鍵字及
符號表記說明

符號表記	文法關鍵字定義	呈現方式
【　】	該文法的核心意義濃縮成幾個關鍵字。	【傾向】
〖　〗	補充該文法的意義。	〖消極〗

▶ 形容詞

活　用	形容詞（い形容詞）	形容詞動詞（な形容詞）
形容詞基本形 （辞書形）	おおきい	きれいだ
形容詞詞幹	おおき	きれい
形容詞詞尾	い	だ
形容詞否定形	おおきくない	きれいでない
形容詞た形	おおきかった	きれいだった
形容詞て形	おおきくて	きれいで
形容詞く形	おおきく	×
形容詞假定形	おおきければ	きれいなら（ば）
形容詞普通形	おおきい おおきくない おおきかった おおきくなかった	きれいだ きれいではない きれいだった きれいではなかった
形容詞丁寧形	おおきいです おおきくありません おおきくないです おおきくありませんでした おおきくなかったです	きれいです きれいではありません きれいでした きれいではありませんでした

▶ 名詞

活　用	名　詞
名詞普通形	あめだ あめではない あめだった あめではなかった
名詞丁寧形	あめです あめではありません あめでした あめではありませんでした

▶ 動詞

活 用	五 段	一 段	カ 変	サ 変
動詞基本形 （辞書形）	書^かく	集^{あつ}める	来^くる	する
動詞詞幹	書^か	集^{あつ}	0 （無詞幹詞尾區別）	0 （無詞幹詞尾區別）
動詞詞尾	く	める	0	0
動詞否定形	書^かかない	集^{あつ}めない	こない	しない
動詞ます形	書^かきます	集^{あつ}めます	きます	します
動詞た形	書^かいた	集^{あつ}めた	きた	した
動詞て形	書^かいて	集^{あつ}めて	きて	して
動詞命令形	書^かけ	集^{あつ}めろ	こい	しろ
動詞意向形	書^かこう	集^{あつ}めよう	こよう	しよう
動詞被動形	書^かかれる	集^{あつ}められる	こられる	される
動詞使役形	書^かかせる	集^{あつ}めさせる	こさせる	させる
動詞可能形	書^かける	集^{あつ}められる	こられる	できる
動詞假定形	書^かけば	集^{あつ}めれば	くれば	すれば
動詞命令形	書^かけ	集^{あつ}めろ	こい	しろ
動詞普通形	行^いく 行^いかない 行^いった 行^いかなかった	集^{あつ}める 集^{あつ}めない 集^{あつ}めた 集^{あつ}めなかった	くる こない きた こなかった	する しない した しなかった
動詞丁寧形	行^いきます 行^いきません 行^いきました 行^いきませんでした	集^{あつ}めます 集^{あつ}めません 集^{あつ}めました 集^{あつ}めませんでした	きます きません きました きませんでした	します しません しました しませんでした

敬語的動詞

（一）「尊敬的動詞」跟「謙讓的動詞」

　　日語中除了「です、ます」的鄭重的動詞之外，還有「尊敬的動詞」跟「謙讓的動詞」。尊敬的動詞目的在尊敬對方，用在對方的動作或所屬的事物上，來提高對方的身份；謙讓的動詞是透過謙卑自己的動作或所屬物，來抬高對方的身份，目的也是在尊敬對方。

▶ 一般動詞和敬語的動詞對照表

一般動詞	尊敬的動詞	謙讓的動詞
行く	いらっしゃる、おいでになる、お越しになる	伺う、まいる、上がる
来る	いらっしゃる、おいでになる、お越しになる、見える	伺う、まいる
言う	おっしゃる	申す、申し上げる
聞く	お耳に入る	伺う、拝聴する、承る
いる	いらっしゃる	おる
する	なさる	拝見する
見せる		ご覧に入れる、お目にかける
知る	ご存じです	存じる、存じ上げる
食べる	召し上がる	いただく、頂戴する
飲む	召し上がる	いただく、頂戴する
会う		お目にかかる
読む		拝読する
もらう		いただく、頂戴する
やる		差し上げる
くれる	くださる	
借りる		拝借する
着る	召す、お召しになる	
わかる		承知する、かしこまる
考える		存じる

（二）附加形式的「尊敬語」與「謙讓語」

　　一般動詞也可以跟接頭詞、助動詞、補助動詞結合起來，成為敬語的表達方式。我們又稱為附加形式的「尊敬語」與「謙讓語」。

▶ 附加形式的「尊敬語」與「謙讓語」對照表

<table>
<tr><td rowspan="12">尊敬語</td><td colspan="3">(1) 動詞＋（ら）れる、される</td></tr>
<tr><td rowspan="3">例</td><td>読む</td><td>→読まれる</td></tr>
<tr><td>戻る</td><td>→戻られる</td></tr>
<tr><td>到着する</td><td>→到着される</td></tr>
<tr><td colspan="3">(2) お＋動詞連用形＋になる／なさる
　　ご＋サ變動詞詞幹＋になる／なさる</td></tr>
<tr><td rowspan="2">例</td><td>使う</td><td>→お使いになる、お使いなさいますか</td></tr>
<tr><td>出発する</td><td>→ご出発になる、ご出発なさいますか</td></tr>
<tr><td colspan="3">(3) お＋動詞連用形＋です／だ
　　ご＋サ變動詞詞幹＋です／だ</td></tr>
<tr><td rowspan="2">例</td><td>休む</td><td>→お休みです、お休みだ</td></tr>
<tr><td>在宅する</td><td>→ご在宅です、ご在宅だ</td></tr>
<tr><td colspan="3">(4) お＋動詞連用形＋くださる
　　ご＋サ變動詞詞幹＋くださる</td></tr>
<tr><td rowspan="2">例</td><td>教える</td><td>→お教えくださる</td></tr>
<tr><td>指導する</td><td>→ご指導くださる</td></tr>
<tr><td rowspan="9">謙讓語</td><td colspan="3">(1) お＋動詞連用形＋する
　　ご＋サ變動詞詞幹＋する</td></tr>
<tr><td rowspan="2">例</td><td>願う</td><td>→お願いします</td></tr>
<tr><td>送付する</td><td>→ご送付します</td></tr>
<tr><td colspan="3">(2) お＋動詞連用形＋いたす／申し上げます
　　ご＋サ變動詞詞幹＋いたす／申し上げます</td></tr>
<tr><td rowspan="2">例</td><td>話す</td><td>→お話いたします、お話申し上げます</td></tr>
<tr><td>説明する</td><td>→ご説明いたします、ご説明申し上げます</td></tr>
<tr><td colspan="3">(3) お＋動詞連用形＋いただく／ねがう
　　ご＋サ變動詞詞幹＋いただく／ねがう</td></tr>
<tr><td rowspan="2">例</td><td>伝える</td><td>→お伝えいただきます、お伝えねがいます</td></tr>
<tr><td>案内する</td><td>→ご案内いただきます、ご案内ねがいます</td></tr>
</table>

★ 步驟一：沿著虛線剪下《速記表》，並且用你喜歡的方式裝訂起來！

★ 步驟二：請在「讀書計劃」欄中填上日期，依照時間安排按部就班學習，每完成一項，就用螢光筆塗滿格子，看得見的學習，效果加倍！

五十音順	文法			中譯	讀書計畫
い	いっぽうだ			一直…、不斷地…、越來越…	
う	うちに			趁…、在…之內…	
お	おかげで、おかげだ			多虧…、托您的福、因為…	
	おそれがある			恐怕會…、有…危險	
か	かけ（の）、かける			剛…、開始…；對…	
	がちだ、がちの			容易…、往往會…、比較多	
	から…	からにかけて		從…到…	
		からいうと、からいえば、からいって		從…來說、從…來看、就…而言	
		から（に）は		既然…、既然…，就…	
	かわりに			代替…	
き	ぎみ			有點…、稍微…、…趨勢	
	（っ）きり			只有…；全心全意地…；自從…就一直…	
	きる、きれる、きれない			…完、完全、到極限；充分…、堅決…	
く	くせに			雖然…，可是…、…，卻…	
	くらい…	くらい（ぐらい）はない、ほどはない		沒什麼是…、沒有…像…一樣、沒有…比…的了	
		くらい（だ）、ぐらい（だ）		幾乎…、簡直…、甚至…	
		くらいなら、ぐらいなら		與其…不如…、要是…還不如…	
こ	こそ			正是…、才（是）…；唯有…才…	
	こと…	ことか		多麼…啊	
		ことだ		就得…、應當…、最好…；非常…	
		ことにしている		都…、向來…	
		ことになっている、こととなっている		按規定…、預定…、將…	
		ことはない		用不著…；不是…、並非…；沒…過、不曾…	
さ	さい…	さい（は）、さいに（は）		…的時候、在…時、當…之際	
		さいちゅうに、さいちゅうだ		正在…	
	さえ…	さえ、でさえ、とさえ		連…、甚至…	
		さえば、さえたら		只要…（就）…	
	（さ）せてください、（さ）せてもらえますか、（さ）せてもらえませんか			請讓…、能否允許…、可以讓…嗎？	
使役形	使役形＋もらう、くれる、いただく			請允許我…、請讓我…	
し	しかない			只能…、只好…、只有…	
せ	せい…	せいか		可能是（因為）…、或許是（由於）…的緣故吧	
		せいで、せいだ		由於…、因為…的緣故、都怪…	

五十音順	文法		中譯	讀書計畫
た	だけ…	だけしか	只…、…而已、僅僅…	
		だけ（で）	只是…、只不過…；只要…就…	
	たと…	たとえても	即使…也…、無論…也…	
		（た）ところ	…，結果…	
		たとたん（に）	剛…就…、剎那就…	
	たび（に）		每次…、每當…就…	
	たら…	たら、だったら、かったら	要是…、如果…	
		たらいい（のに）なあ、といい（のに）なあ	…就好了	
		だらけ	全是…、滿是…、到處是…	
		たらどうですか、たらどうでしょう（か）	…如何、…吧	
つ	ついでに		順便…、順手…、就便…	
	つけ		是不是…來著、是不是…呢	
	って…	って	他説…人家説…；聽説…、據説…	
		って（いう）、とは、という（のは）（主題・名字）	所謂的…、…指的是；叫…的、是…、這個…	
	っぱなしで、っぱなしだ、っぱなしの		…著	
	っぽい		看起來好像…、感覺像…	
て	ていらい		自從…以來，就一直…、…之後	
	てからでないと、てからでなければ		不…就不能…、不…之後，不能…、…之前，不…	
	てくれと		給我…	
	てごらん		…吧、試著…	
	て（で）たまらない		非常…、…得受不了	
	て（で）ならない		…得受不了、非常…	
	て（で）ほしい、てもらいたい		想請你…	
	てみせる		做給…看；一定要…	
と	命令形＋と		引用用法	
	という…	ということだ	聽説…、據説…；…也就是説…、這就是…	
		というより	與其説…、還不如説…	
	といっても		雖説…，但…、雖説…，也並不是很…	
	とおり（に）		按照…、按照…那樣	
	どおり（に）		按照、正如…那樣、像…那樣	
	とか		好像…、聽説…	
	ところ…	ところだった	（差一點兒）就要…了、險些…了；差一點就…可是…	
		ところに	…的時候、正在…時	
		ところへ	…的時候、正當…時，突然…、正要…時，（…出現了）	
		ところを	正…時、…之時、正當…時…	

五十音順	文法		中譯	讀書計畫
と	として…	として、としては	以…身份、作為…；如果是…的話、對…來説	
		としても	即使…、也…、就算…、也…	
	とすれば、としたら、とする		如果…、如果…的話、假如…的話	
	とともに		與…同時、也…；隨著…；和…一起	
な	ない…	ないこともない、ないことはない	並不是不…、不是不…	
		ないと、なくちゃ	不…不行	
		ないわけにはいかない	不能不…、必須…	
	など…	など	怎麼會…、才（不）…	
		などと（なんて）いう、などと（なんて）おもう	多麼…呀；…之類的…	
	なんか、なんて		…之類的、…什麼的	
に	において、においては、においても、における		在…、在…時候、在…方面	
	にかわって、にかわり		替…、代替…、代表…	
	にかんして（は）、にかんしても、にかんする		關於…、關於…的…	
	にきまっている		肯定是…、一定是…	
	にくらべて、にくらべ		與…相比、跟…比較起來、比較…	
	にくわえて、にくわえ		而且…、加上…、添加…	
	にしたがって、にしたがい		伴隨…、隨著…	
	にして…	にしては	照…來説…、就…而言算是…、從…這一點來説，算是…的、作為…，相對來説…	
		にしても	就算…、也…、即使…、也…	
	にたいして（は）、にたいし、にたいする		向…、對（於）…	
	にちがいない		一定是…、准是…	
	につき		因…、因為…	
	につれ（て）		伴隨…、隨著…、越…越…	
	にとって（は／も／の）		對於…來説	
	にともなって、にともない、にともなう		伴隨著…、隨著…	
	にはんして、にはんし、にはんする、にはんした		與…相反…	
	にもとづいて、にもとづき、にもとづく、にもとづいた		根據…、按照…、基於…	
	によって（は）、により		因為…；根據…；由…；依照…	
	による…	による	因…造成的…、由…引起的…	
		によると、によれば	據…、據…説、根據…報導…	
	にわたって、にわたる、にわたり、にわたった		經歷…、各個…、一直…、持續…	
の	（の）ではないだろうか、（の）ではないかとおもう		不就…嗎；我想…吧	
は	ばほど		越…越…	
	ばかりか、ばかりでなく		豈止…、連…也…、不僅…而且…	
	はもちろん、はもとより		不僅…而且…、…不用説，…也…	

五十音順	文法		中譯	讀書計畫
は	ばよかった		…就好了	
	はんめん		另一面…、另一方面…	
へ	べき、べきだ		必須…、應當…	
ほ	ほかない、ほかはない		只有…、只好…、只得…	
	ほど		越…越…；得、…得令人	
ま	までには		…之前、…為止	
み	み		帶有…、…感	
	みたい（だ）、みたいな		好像…；想要嘗試…	
む	むきの、むきに、むきだ		朝…；合於…、適合…	
	むけの、むけに、むけだ		適合於…	
も	もの…	もの、もん	因為…嘛	
		ものか	哪能…、怎麼會…呢、決不…、才不…呢	
		ものだ	過去…經常、以前…常常	
		ものだから	就是因為…，所以…	
		もので	因為…、由於…	
よ	よう…	ようがない、ようもない	沒辦法、無法…；不可能…	
		ような	像…樣的、宛如…一樣的…	
		ようなら、ようだったら	如果…、要是…	
		ように	為了…而…；希望…、請…；如同…	
		ように（いう）	告訴…	
		ようになっている	會…	
	より（ほか）ない、ほか（しかたが）ない		只有…、除了…之外沒有…	
わ	句子＋わ		…啊、…呢、…呀	
	わけ…	わけがない、わけはない	不會…、不可能…	
		わけだ	當然…、難怪…；也就是説…	
		わけではない、わけでもない	並不是…、並非…	
		わけにはいかない、わけにもいかない	不能…、不可…	
	わりに（は）		（比較起來）雖然…但是…、但是相對之下還算…、可是…	
を	をこめて		集中…、傾注…	
	をちゅうしんに（して）、をちゅうしんとして		以…為重點、以…為中心、圍繞著…	
	をつうじて、をとおして		透過…、通過…；在整個期間…、在整個範圍…	
	をはじめ、をはじめとする、をはじめとして		以…為首、…以及…、…等等	
	をもとに、をもとにして		以…為根據、以…為參考、在…基礎上	
ん	んじゃない、んじゃないかとおもう		不…嗎、莫非是…	
	んだ…	んだって	聽説…呢	
		んだもん	因為…嘛、誰叫…	

022

N3
grammar

JLPT

grammar
001

〜いっぽうだ
一直…、不斷地…、越來越…

類義表現
ば〜ほど
越來越…

接續方法 ▶ {動詞辭書形}＋一方だ

1 【傾向】表示某狀況一直朝著一個方向不斷發展，沒有停止，後接表示變化的動詞。如例（1）。

2 〔消極〕多用於消極的、不利的傾向，意思近於「〜ばかりだ」，如例(2)〜(5)。

例1 岩崎の予想以上の活躍ぶりに、周囲の期待も高まる一方だ。

岩崎出色的表現超乎預期，使得周圍人們對他的期望也愈來愈高。

這份提案資料齊全，且完全切重要點，可行性又高，太完美了！是誰做的呢？

竟然是剛進公司的岩崎！如此棒的表現，讓大家對他「期待も高まる一方」（期望也愈來愈高）。

2 国の借金は、増える一方だ。

國債愈來愈龐大。

3 景気は、悪くなる一方だ。

景氣日漸走下坡。

4 子供の学力が低下する一方なのは、問題です。

小孩的學習力不斷地下降，真是個問題。

5 最近、オイル価格は、上がる一方だ。

最近油價不斷地上揚。

grammar 002 ～うちに

1.趁…做…、在…之內…做…；2.在…之內，自然就…

接續方法▶ {名詞の；形容動詞詞幹な；[形容詞・動詞] 辭書形}＋うちに

1【期間】表示在前面的環境、狀態持續的期間，做後面的動作，強調的重點是狀態的變化，不是時間的變化。相當於「～（している）間に」，如例（1）～（4）。

2【變化】用「～ているうちに」時，後項並非說話者意志，大都接自然發生的變化，如例（5）。

例1 昼間は暑いから、朝のうちに散歩に行った。

白天很熱，所以趁早去散步。

> 夏天到了，熱浪襲擊各地，氣象局不斷發出酷熱天氣警告。要小心別中暑了！

> 所以如果要散步，最好要「朝のうちに」（趁早晨）。

---

2 ご飯ですよ。熱いうちに召し上がれ。

吃飯囉！快趁熱吃！

3 足が丈夫なうちに、富士山に登りたい。

想趁還有腿力的時候爬上富士山。

4 お姉ちゃんが帰ってこないうちに、お姉ちゃんの分もおやつ食べちゃおう。

趁姊姊還沒回來之前，把姊姊的那份點心也偷偷吃掉吧！

5 いじめられた経験を話しているうちに、涙が出てきた。

在敘述被霸凌的經驗時，流下了眼淚。

～おかげで、おかげだ

多虧…、托您的福、因為…

類義表現
せいで、せいだ
由於…、因為…的緣故、都怪…

接續方法 ▶ {名詞の；形容動詞詞幹な；形容詞普通形・動詞た形}＋おかげで、おかげだ

1 【原因】由於受到某種恩惠，導致後面好的結果，與「から、ので」作用相似，但感情色彩更濃，常帶有感謝的語氣，如例（1）～（4）。

2 〔消極〕後句如果是消極的結果時，一般帶有諷刺的意味，相當於「～のせいで」，如例（5）。

例1 薬のおかげで、傷はすぐ治りました。

多虧藥效，傷口馬上好了。

哇！三天前受的傷，擦了那瓶藥馬上就好了吧！

醫藥科學一日千里，多虧有了好的藥（由於受到有好藥恩惠），傷口很快的就好了（使得後面傷口很快好了的結果）。

---

2 電気のおかげで、昔と比べると家事はとても楽になった。

多虧電力的供應，現在做家事比從前來得輕鬆多了。

3 母に似て肌が白いおかげで、よく美人だと言われる。

很幸運地和媽媽一樣皮膚白皙，所以常被稱讚是美女。

4 就職できたのは、山本先生が推薦状を書いてくださったおかげです。

能夠順利找到工作，一切多虧山本老師幫忙寫的推薦函。

5 君が余計なことを言ってくれたおかげで、ひどい目にあったよ。

感謝你的多嘴，害我被整得慘兮兮的啦！

grammar
004

〜おそれがある

恐怕會…、有…危險

類義表現
ともかぎらない
說不定；難保…

接續方法▶{名詞の；形容動詞詞幹な；[形容詞・動詞]辭書形}＋恐れがある

1 【推量】表示擔心有發生某種消極事件的可能性，常用在新聞報導或天氣預報中，後項大多是不希望出現的內容。如例（1）、（2）。

2 〔不利〕通常此文法只限於用在不利的事件，相當於「〜心配がある」，如例（3）〜（5）。

例1 台風のため、午後から高潮の恐れがあります。

因為颱風，下午恐怕會有大浪。

哇！颳大風、下大雨，颱風來了。

記得「おそれがある」用在消極的事件喔！

由於颱風，下午恐怕會有大浪（有發生消極事件的可能性）。

2 この地震による津波の恐れはありません。

這場地震將不會引發海嘯。

3 立地は良いが、駅前なので、夜間でも騒がしい恐れがある。

雖然座落地點很棒，但是位於車站前方，恐怕入夜後仍會有吵嚷的噪音。

4 このアニメを子供に見せるのは不適切な恐れがある。

這部動畫恐怕不適合兒童觀看。

5 子供が一晩帰らないとすると、事件に巻き込まれた恐れがある。

如果孩子一整晚沒有回家，恐怕是被捲進案件裡了。

～かけ（の）、かける

1. 做一半、剛…、開始…；2. 快…了；3. 對…

類義表現

だす
…起來

接續方法▶ ｛動詞ます形｝＋かけ（の）、かける

1 **【中途】**表示動作，行為已經開始，正在進行途中，但還沒有結束，相當於「～している途中」，如例（1）、（2）。

2 **【狀態】**前接「死ぬ（死亡）、止まる（停止）、立つ（站起來）」等瞬間動詞時，表示面臨某事的當前狀態，如例（3）。

3 **【涉及對方】**用「話しかける（攀談）、呼びかける（招呼）、笑いかける（面帶微笑）」等，表示向某人作某行為，如例（4）、（5）。

例1 今ちょうどデータの処理をやりかけたところです。

現在正在處理資料。

現在正好在處理資料（資料處理到途中，但還沒結束）。

用「かけた」表示處理資料這個動作正在進行。

---

2 読みかけの本が５、６冊たまっている。

剛看一點開頭的書積了五六本。

3 お父さんのことを死にかけの病人なんて、よくもそんなひどいことを。

竟然把我爸爸說成是快死掉的病人，這種講法太過分了！

4 堀田君のことが好きだけれど、告白はもちろん話しかけることもできない。

我雖然喜歡堀田，但別說是告白了，就連和他交談都不敢。

5 たくさんの人に呼びかけて、寄付を集めましょう。

我們一起來呼籲大家踴躍捐款吧！

～がちだ、がちの

（前接名詞）經常，總是；（前接動詞ます形）容易…、
往往會…、比較多

類義表現
ぎみ
有點…、稍微…、…趨勢

接續方法▶{名詞；動詞ます形}＋がちだ、がちの

1 【傾向】表示即使是無意的，也不由自主地出現某種傾向，或是常會這樣做，
一般多用在消極、負面評價的動作，相當於「～の傾向がある」，如例（1）
～（4）。

2 〔慣用表現〕常用於「遠慮がち（客氣）」等慣用表現，如例（5）。

例1 おまえは、いつも病気がちだなあ。

你還真容易生病呀！

由於身體瘦弱，總是臉色蒼白的山田，又感冒了（容易出現某種傾向）。

山田君啊！看你老是生病（大多用在負面的評價）！

---

2 このところ毎日曇りがちだ。

最近可能每天都是陰天。

3 冬は寒いので家にこもりがちになる。

冬天很冷，所以通常窩在家裡。

4 現代人は寝不足になりがちだ。

現代人具有睡眠不足的傾向。

5 彼女は遠慮がちに、「失礼ですが、村主さんですか。」と声をかけてきた。

她小心翼翼地問了聲：「不好意思，請問是村主先生嗎？」

grammar 007

〜から〜にかけて

從…到…

類義表現
から〜まで
從…到…

【接續方法】▶{名詞}＋から＋{名詞}＋にかけて

【範圍】表示兩個地點、時間之間一直連續發生某事或某狀態的意思。跟「〜から〜まで」相比，「〜から〜まで」著重在動作的起點與終點，「〜から〜にかけて」只是籠統地表示跨越兩個領域的時間或空間。

例1 この辺りからあの辺りにかけて、畑が多いです。

這頭到那頭，有很多田地。

從這邊到那邊，有很多田地（地點跟地點之間，田地一直連續著）。

用「から…にかけて」表示從這邊到那邊田地一直持續著。

2 三月下旬から五月上旬にかけて、桜前線が北上する。

從三月下旬到五月上旬，櫻花綻放的地區會一路北上。

3 月曜から水曜にかけて、健康診断が行われます。

星期一到星期三，實施健康檢查。

4 今日から明日にかけて大雨が降るらしい。

今天起到明天好像會下大雨。

5 九州から東北にかけての広い範囲で地震がありました。

從九州到東北地區發生了大區域地震。

〜からいうと、からいえば、からいって

從…來說、從…來看、就…而言

類義表現
からみると
從…來看…

接續方法▶{名詞}＋からいうと、からいえば、からいって

1 **【根據】**表示判斷的依據及角度，指站在某一立場上來進行判斷。後項含有推量、判斷、提意見的語感。跟「からみると」不同的是「からいうと」不能直接接人物或組織名詞。

2 〔類義〕相當於「〜から考えると」。

例1 専門家の立場からいうと、この家の構造はよくない。

從專家的角度來看，這個房子的結構不好。

從專家的立場來看（站在從事建設工程專家的角度來判斷）。

以專家立場來說「この家の構造はよくない」（這個房子的結構不好）。

2 理想からいうと、あの役は西島拓哉にやってほしかった。

若以最理想的狀況來說，非常希望那個角色由西島拓哉出演。

3 品質からいえば、このくらい高くてもしょうがない。

就品質來看，即使價格如此昂貴也無可厚非。

4 学力からいえば、山田君がクラスで一番だ。

從學習力來看，山田君是班上的第一名。

5 これまでの経験からいって、完成まであと二日はかかるでしょう。

根據以往的經驗，恐怕至少還需要兩天才能完成吧！

文法升級挑戰篇

來挑戰看看稍難的文法吧！做好萬全準備！邁向巔峰！

● {動詞性名詞の；動詞た形} ＋あげく、あげくに

[年月をかけた準備のあげく、失敗してしまいました。
[花費多年準備，結果卻失敗了。

說明 表示事物經過前面一番波折或努力達到的最後結果。意思是：「…到最後」、「…，結果…」。

● {名詞の；動詞辭書形} ＋あまり、あまりに

[焦るあまり、大事なところを見落としてしまった。
[由於過度著急，而忽略了重要的地方。

說明 由於前句某種感情、感覺的程度過甚，而導致後句的結果。意思是：「因過於…」、「過度…」。

● {動詞普通形} ＋いじょう、いじょうは

[引き受けた以上は、最後までやらなくてはいけない。
[既然說要負責，就得徹底做好。

說明 表示某種決心或責任。意思是：「既然…」、「既然…，就…」。

● {動詞辭書形} ＋いっぽう、いっぽうで、いっぽうでは

[景気がよくなる一方で、人々のやる気も出てきている。
[在景氣好轉的同時，人們也更有幹勁了。

說明 前句説明在做某件事的同時，後句多敘述可以互相補充做另一件事。意思是：「在…的同時，還…」、「一方面…，一方面…」、「另一方面…」。

● {名詞の；形容動詞詞幹な；[形容詞・動詞]普通形} ＋うえ、うえに

[主婦は、家事の上に育児もしなければなりません。
[家庭主婦不僅要做家事，而且還要帶孩子。

說明 表示追加、補充同類的內容。意思是：「…而且…」、「不僅…，而且…」、「在…之上，又…」。

● {名詞の；動詞た形} ＋うえで、うえでの

土地を買った上で、建てる家を設計しましょう。

買了土地以後，再來設計房子吧！

說明 先進行前一動作，後面再根據前面的結果，採取下一個動作。意思是：「在…之後」、「…以後…」、「之後（再）…」。

● {動詞普通形} ＋うえは

会社をクビになった上は、屋台でもやるしかない。

既然被公司炒魷魚，就只有開路邊攤了。

說明 前接表示某種決心、責任等行為的詞，後續表示必須採取跟前面相對應的動作。意思是：「既然…」、「既然…就…」。

● {動詞意向形} ＋（よ）うではないか

みんなで協力して困難を乗り越えようではありませんか。

讓我們同心協力共度難關吧！

說明 提議或邀請對方跟自己共同做某事。意思是：「讓…吧」、「我們（一起）…吧」。

● {動詞ます形} ＋うる、える

コンピューターを使えば、大量のデータを計算し得る。

利用電腦，就能統計大量的資料。

說明 表示可以採取這一動作，有發生這種事情的可能性。意思是：「可能…」、「能…」、「會…」。

● {動詞辭書形；動詞て形＋いる；動詞た形} ＋かぎり、かぎりは、かぎりでは

私の知るかぎりでは、彼は最も信頼できる人間です。

據我所知，他是最值得信賴的人。

說明 憑著自己的知識、經驗等有限的範圍做出判斷，或提出看法。意思是：「在…的範圍內」、「就…來說」、「據…調查」。

● {動詞ます形} ＋がたい

> 彼女との思い出は忘れがたい。
>
> 很難忘記跟她在一起時的回憶。

說明 表示做該動作難度非常高，或幾乎是不可能。意思是：「難以…」、「很難…」、「不能…」。

● {動詞た形} ＋かとおもうと、かとおもったら

> さっきまで泣いていたかと思ったら、もう笑っている。
>
> 剛剛才在哭，這會兒又笑了。

說明 表示前後兩個對比的事情，在短時間內幾乎同時相繼發生。意思是：「剛一…就…」、「剛…馬上就…」。

● {動詞辭書形} ＋か＋{動詞否定形} ＋ないかのうちに

> 試合が開始するかしないかのうちに、1点取られてしまった。
>
> 比賽才剛開始，就被得了一分。

說明 表示前一個動作才剛開始，在似完非完之間，第二個動作緊接著又開始了。意思是：「剛剛…就…」、「一…（馬上）就…」。

● {動詞ます形} ＋かねる

> その案には、賛成しかねます。
>
> 那個案子我無法贊成。

說明 表示本來能做到的事，由於主、客觀上的原因，而難以做到某事。意思是：「難以…」、「不能…」、「不便…」。

● {動詞ます形} ＋かねない

> あいつなら、そのようなでたらめも言いかねない。
>
> 那傢伙的話，就很可能會信口胡說。

說明 表示有這種可能性或危險性。意思是：「很可能…」、「也許會…」、「說不定將會…」。

- {[名詞・形容動詞詞幹]（である）；[形容詞・動詞] 普通形} ＋かのようだ

  この村では、中世に戻ったかのような生活をしています。

  這個村子，過著如同回到中世紀般的生活。

  說明 將事物的狀態、性質、形狀及動作狀態，比喻成比較誇張的、具體的，或比較容易瞭解的其他事物。意思是：「像…一樣的」、「如同…」。

- {名詞} ＋からして

  あの態度からして、女房はもうその話を知っているようだな。

  從那個態度來看，我老婆已經知道那件事了吧！

  說明 表示判斷的依據。意思是：「從…來看…」。

～から（に）は

既然…、既然…，就…

類義表現
いじょう 既然…

接續方法▶ {動詞普通形}＋から（に）は

1 **【理由】** 表示既然到了這種情況，後面就要「貫徹到底」的説法，因此後句常是説話人的判斷、決心及命令等，含有説話人個人強烈的情感及幹勁。一般用於書面上，相當於「～のなら、～以上は」，如例（1）～（3）。

2 **【義務】** 表示以前項為前提，後項事態也就理所當然的責任或義務。如例（4）、（5）。

例1 教師になったからには、生徒一人一人をしっかり育てたい。

既然當了老師，當然就想要把學生一個個都確實教好。

傳道、授業、解惑的老師對學生而言，是極具影響力的。

既然當了老師（説話人的決心），就要把學生一個個確實教好（後句有徹底、確實的合意）。

---

2 決めたからには、最後までやる。

　既然已經決定了，就會堅持到最後。

3 オリンピックに出るからには、金メダルを目指す。

　既然參加奧運，目標就是奪得金牌。

4 こうなったからは、しかたがない。私一人でもやる。

　事到如今，沒辦法了。就算只剩下我一個也會做完。

5 コンクールに出るからには、毎日練習しなければだめですよ。

　既然要參加競演會，不每天練習是不行的。

～かわりに

1. 代替…；3. 雖説…但是…；4. 作為交換

1【代替】{名詞の；動詞普通形}＋かわりに。表示原為前項，但因某種原因由後項另外的人、物或動作等代替。前後兩項通常是具有同等價值、功能或作用的事物。大多用在暫時性更換的情況。相當於「～の代理／代替として」，如例（1）、（2）。

2〔接尾詞化〕也可用「名詞＋がわり」的形式，是「かわり」的接尾詞化。如例（3）。

3【對比】{動詞普通形}＋かわりに。表示一件事同時具有兩個相互對立的側面，一般重點在後項，相當於「～一方で」，如例（4）。「雖説…但是…」之意。

4【交換】表示前項為後項的交換條件，也會用「～、かわりに～」的形式出現，相當於「～とひきかえに」，如例（5）。

例1 **正月は、海外旅行に行くかわりに近くの温泉に行った。**

過年不去國外旅行，改到附近洗溫泉。

O X

> 原本要去國外旅行（原本是前項），但想到景氣不好還是多存點錢在身邊，所以就改洗溫泉來代替旅行啦（由後項來代替）！

---

2 市長のかわりに、副市長が挨拶した。

由副市長代理市長致詞了。

3 こちら、つまらないものですが、ほんのご挨拶がわりです。

這裡有份小東西，不成敬意，就當是個見面禮。

4 人気を失ったかわりに、静かな生活が戻ってきた。

雖然不再受歡迎，但換回了平靜的生活。

5 卵焼きあげるから、かわりにウインナーちょうだい。

我把煎蛋給你吃，然後你把小熱狗給我作為交換。

grammar 011

〜ぎみ

有點…、稍微…、…趨勢

類義表現
っぽい
看起來好像…

接續方法 ▶ {名詞；動詞ます形} ＋気味

【傾向】 表示身心、情況等有這種樣子，有這種傾向，用在主觀的判斷。一般指程度雖輕，但有點…的傾向。只強調現在的狀況。多用在消極或不好的場合相當於「〜の傾向がある」。

例1 ちょっと風邪気味で、熱がある。

有點感冒，發了燒。

最近天氣變化多又老加班，身體感到渾身無力，又有點發熱！是不是感冒了？

這感覺是主觀的，而且大都是不好的情況。

---

2 最近、少し寝不足気味です。

最近感到有點睡眠不足。

3 煙草をやめてから、太り気味だ。

自從戒菸以後，好像變胖了。

4 この時計は1、2分遅れ気味です。

這錶常會慢一兩分。

5 疲れ気味なので、休憩します。

有點累，我休息一下。

～（っ）きり

1. 只有…；2. 全心全意地…；3. 自從…就一直…

類義表現

っぱなしで
…著

1 【限定】{名詞}＋（っ）きり。接在名詞後面，表示限定，也就是只有這些的範圍，除此之外沒有其它，相當於「～だけ、～しか～ない」，如例（1）、（2）。

2 〖一直〗{動詞ます形}＋（っ）きり。表示不做別的事，全心全意做某一件事，如例（3）。

3 【不變化】{動詞た形；これ／それ／あれ}＋（っ）きり。表示自此以後，便未發生某事態，後面常接否定，如例（4）、（5）。

例1 今度は二人きりで会いましょう。

下次就我們兩人出來見面吧！

每次出去都是一票人，也沒辦法單獨跟妳好好聊聊。

下次就我們兩見面吧！用「きり」表示只有的意思。

2 今持っているのは 300 円きりだ。

現在手頭上只有三百圓而已。

3 難病にかかった娘を付ききりで看病した。

全心全意地照顧罹患難治之症的女兒。

4 息子は、10 年前に出て行ったきり、連絡さえ寄越さない。

我兒子自從十年前離家之後，就完全斷了音訊。

5 橋本とは、あれっきりだ（＝あの時会ったきりでその後会っていない）。生きているのかどうかさえ分からない。

我和橋本從那次以後就沒再見過面了。就連他是死是活都不曉得。

～きる、きれる、きれない

1.…完、完全、到極限；2.充分…、堅決…

接續方法▶ {動詞ます形} ＋切る、切れる、切れない

1【完了】 表示行為、動作做到完結、徹底執行、堅持到最後，或是程度達到極限，相當於「終わりまで～する」，如例（1）～（3）。

2【極其】 表示擁有充分實現某行為或動作的自信，相當於「十分に～する」，如例（4）、（5）。

3【切斷】 原本有切斷的意思，後來衍生為使結束，甚至使斷念的意思。例如「彼との関係を完全に断ち切る／完全斷絕與他的關係」。

例1 いつの間にか、お金を使いきってしまった。

不知不覺，錢就花光了。

這個月明明才領了薪水，但是水電費啦！治裝費啦！就這樣錢就花完了！

No Money!

把錢花光這個動作用「きる」表示。

2 夫はもう1か月も休みなしで働き、疲れ切っている。

丈夫整整一個月不眠不休地工作，已經疲累不堪。

3 すみません。そちらはもう売り切れました。

不好意思，那項商品已經銷售一空了。

4 「あの人とは何もなかったって言い切れるの。」「ああ、もちろんだ。」

「你敢發誓和那個人毫無曖昧嗎？」「是啊，當然敢啊！」

5 犯人は分かりきっている。小原だ。でも、証拠がない。

我已經知道兇手是誰了——是小原幹的！但是，我沒有證據。

grammar 014

～くせに

雖然…，可是…、…，卻…

類義表現
のに
雖然…卻…、明明…、卻…

接續方法▶｛名詞の；形容動詞詞幹な；[形容詞・動詞] 普通形｝＋くせに

【不符情況】表示逆態接續。用來表示根據前項的條件，出現後項讓人覺得可笑的、不相稱的情況。全句帶有譴責、抱怨、反駁、不滿、輕蔑的語氣。批評的語氣比「のに」更重，較為口語。

例1 芸術なんか分からないくせに、偉そうなことを言うな。

明明不懂藝術，別在那裡說得像真的一樣。

> 明明不懂藝術，但卻一副很懂藝術的樣子，真是可笑！

> 「くせに」後接的句子大都含有貶義。

---

2 子供のくせに、偉そうことを言うな。

只是個小孩子，不可以說那種大話！

3 お前、ほんとはマージャン強いくせに、初めはわざと負けただろう。

我說你啊，明明很會打麻將，一開始卻故意輸給我，對吧？

4 彼女が好きなくせに、嫌いだと言い張っている。

明明喜歡她，卻硬說討厭她。

5 お金もそんなにないくせに、買い物ばかりしている。

明明沒什麼錢，卻一天到晚買東西。

～くらい（ぐらい）～はない、ほど～はない

沒什麼是…、沒有…像…一樣、沒有…比…的了

類義表現

より～ほうが
…比…、比起…，更

接續方法▶ {名詞}＋くらい（ぐらい）＋ {名詞}＋はない；{名詞}＋ほど＋ {名詞}＋はない

1【最上級】表示前項程度極高，別的東西都比不上，是「最…」的事物，如例（1）～（3）。

2〖特定個人→いない〗當前項主語是特定的個人時，後項不會使用「ない」，而是用「いない」，如例（4）、（5）。

例1 母の作る手料理くらいおいしいものはない。

沒有什麼東西是像媽媽親手做的料理一樣美味的。

我媽做的菜超讚！是世上最好吃的！想到就流口水了呢～

用「くらい～はない」表示媽媽煮的菜餚美味程度無人能及。

2 富士山くらい美しい山はない。

再沒有比富士山更美麗的山岳了！

3 渋谷ほど楽しい街はない。

沒有什麼街道是比澀谷還好玩的了。

4 彼ほど沖縄を愛した人はいない。

沒有人比他還愛沖繩。

5 お母さんくらいいびきのうるさい人はいない。

再沒有比媽媽鼾聲更吵的人了。

～くらい（だ）、ぐらい（だ）

1. 幾乎…、簡直…、甚至…；2. 這麼一點點

類義表現
ほど
…得；令人越…越…

接續方法▶{名詞；形容動詞詞幹な；[形容詞・動詞] 普通形}＋くらい（だ）、
ぐらい（だ）

1【程度】用在為了進一步說明前句的動作或狀態的極端程度，舉出具體事例
來，相當於「～ほど」，如例（1）～（4）。

2【蔑視】說話者舉出微不足道的事例，表示要達成此事易如反掌，如例（5）。

例1 田中さんは美人になって、本当にびっくりするくらいでした。

田中小姐變得那麼漂亮，簡直叫人大吃一驚。

> 我的天啊！醜小鴨田中變得這麼漂亮！

> 用「くらい」前接具體事例「びっくりする」（大吃一驚）來表示程度的極端。

---

2 ふるさとは、降りる駅を間違えたかと思うくらい、都会になっ
ていた。

故鄉變成了一座都市,（全新的樣貌）甚至讓我以為下錯車站了。

3 マラソンのコースを走り終わったら、疲れて一歩も歩けないく
らいだった。

跑完馬拉松全程,精疲力竭到幾乎一步也踏不出去。

4 この作業は、誰でもできるくらい簡単です。

這項作業簡單到不管是誰都會做。

5 中学の数学ぐらい、教えられるよ。

只不過是中學程度的數學,我可以教你啊。

～くらいなら、ぐらいなら

與其…不如…、要是…還不如…

類義表現
わりに（は） （比較起來）雖然… 但是…

接續方法 ▸ {動詞普通形}＋くらいなら、ぐらいなら

【極端事例】表示與其選前者，不如選後者，是一種對前者表示否定、厭惡的說法。常跟「ましだ」相呼應，「ましだ」表示兩方都不理想，但比較起來，還是某一方好一點。

例1 途中でやめるくらいなら、最初からやるな。
與其要半途而廢，不如一開始就別做！

什麼？好不容易通過的企畫案，才做一半就要放棄！

説話人認為「半途而廢」是很不好的，與其這樣，還是「一開始就別做」的好。

2 三流大学に行くくらいなら、高卒で就職した方がいい。
若是要讀三流大學，還不如高中畢業後就去工作。

3 後悔するくらいなら、ケーキ食べたりしなければいいのに。
與其現在後悔，當初別吃蛋糕就好了。

4 あんな男と結婚するぐらいなら、一生独身の方がましだ。
與其要和那種男人結婚，不如一輩子單身比較好。

5 借金するぐらいなら、最初から浪費しなければいい。
如果會落到欠債的地步，不如一開始就別揮霍！

grammar
018

〜こそ

1.正是…、才（是）…；2.唯有…才…

1 【強調】{名詞}＋こそ。表示特別強調某事物，如例（1）、（2）。

2 〖結果得來不易〗{動詞て形}＋てこそ。表示只有當具備前項條件時，後面的事態才會成立。表示這樣做才能得到好的結果，才會有意義。後項一般是接續褒意，是得來不易的好結果。如例（3）～（5）。

例1 「ありがとう。」「私こそ、ありがとう。」

「謝謝。」「我才該向你道謝。」

「こそ」前接的「私」（我）是強調的事物。

強調不是你，是「我」才需要謝謝你，就用「こそ」。

2 私には、この愛こそ生きる全てです。

對我而言，這份愛就是生命的一切。

3 誤りを認めてこそ、立派な指導者と言える。

唯有承認自己的錯，才叫了不起的領導者。

4 苦しい時を乗り越えてこそ、幸せの味が分かるのだ。

唯有熬過艱困的時刻，更能體會到幸福的滋味喔。

5 あなたがいてこそ、私が生きる意味があるんです。

只有你陪在我身旁，我才有活著的意義。

grammar 019　〜ことか

多麼…啊

類義表現
などと（なんて）いう
多麼…呀；…之類的…

接續方法▶｛疑問詞｝＋｛形容動詞詞幹な；［形容詞・動詞］普通形｝＋ことか

1【感慨】表示該事態的程度如此之大，大到沒辦法特定，含有非常感慨的心情，常用於書面，相當於「非常に〜だ」，前面常接疑問詞「どんなに（多麼）、どれだけ（多麼）、どれほど（多少）」等，如例（1）〜（3）。

2〖口語〗另外，用「〜ことだろうか、ことでしょうか」也可表示感歎，常用於口語，如例（4）、（5）。

例1 あなたが子供の頃は、どんなに可愛かったことか。

你小時候多可愛啊！

看到女兒孩童時期的照片，唉呀！真是可愛呀！

用「ことか」表示前接的「可愛かった」（可愛的）程度大到沒辦法特定。

2 あの人の妻になれたら、どれほど幸せなことか。

如果能夠成為那個人的妻子，不知道該是多麼幸福呢。

3 こんなにたくさんの食べ物が毎日捨てられているとは、なんともったいないことか。

每天都丟掉這麼多食物，實在太浪費了！

4 テレビもネットもないホテルで、どれだけ退屈したことだろうか。

那時待在既沒有電視也沒有網路的旅館裡，要說有多無聊就有多無聊。

5 子供の時には、お正月をどんなに喜んだことでしょうか。

小時候，每逢過年，真不曉得有多麼開心呀。

～ことだ

1. 就得…、應當…、最好…；2. 非常…

類義表現
べき、べきだ
必須…

1 【忠告】{動詞辭書形；動詞否定形}＋ことだ。説話人忠告對方，某行為是正確的或應當的，或某情況下將更加理想，口語中多用在上司、長輩對部屬、晚輩，相當於「～したほうがよい」，如例（1）～（3）。

2 【各種感情】{形容詞辭書形；形容動詞詞幹な}＋ことだ。表示説話人對於某事態有種感動、驚訝等的語氣，可以接的形容詞很有限。例（4）、（5）。

例1 大会に出たければ、がんばって練習することだ。

如果想出賽，就要努力練習。

想要出賽，那麼能力就要更強，也就是要不斷地練習。

「ことだ」前接長輩等忠告的內容。

---

2 文句があるなら、はっきり言うことだ。

如果有什麼不滿，最好要説清楚。

3 痩せたいのなら、間食、夜食をやめることだ。

如果想要瘦下來，就不能吃零食和消夜。

4 子供が子供を殺すとは、恐ろしいことです。

兒童殺死兒童，實在太可怕了。

5 孫の結婚式に出られるなんて、本当に嬉しいことだ。

能夠參加孫子的婚禮，這事真教人高興哪！

～ことにしている

都…、向來…

接續方法▶{動詞普通形}＋ことにしている

【習慣】表示個人根據某種決心，而形成的某種習慣、方針或規矩。也就是從「ことにする」的決心、決定，最後所形成的一種習慣。翻譯上可以比較靈活。

例1 **自分は毎日 12 時間、働くことにしている。**

我每天都會工作十二個小時。

公司網路開店之後，生意越來越好！我得多花時間在網路上了。

也因此，決定「每天都會工作十二個小時」。現在也都成為習慣了。

2 **毎晩 12 時に寝ることにしている。**

我每天都會到晚上十二點才睡覺。

3 **休日は家でゆったりと過ごすことにしている。**

每逢假日，我都是在家悠閒度過。

4 **家事は夫婦で半分ずつやることにしています。**

家事決定由夫妻各做一半。

5 **正月はスキーに行くことにしていたが、風邪をひいてしまった。**

原本打算過年時去滑雪，結果感冒了。

〜ことになっている、こととなっている

按規定…、預定…、將…

類義表現
ことにしている
都…、向來…

接續方法 ▶ {動詞辭書形；動詞否定形} ＋ ことになっている、こととなっている

【約定】表示結果或定論等的存續。表示客觀做出某種安排，像是約定或約束人們生活行為的各種規定、法律以及一些慣例。也就是「ことになる」所表示的結果、結論的持續存在。

例1 夏休みの間、家事は子供たちがすることになっている。

暑假期間，說好家事是小孩們要做的。

暑假期間，家事是小孩們做的，這是家人說好的規定。所以用「ことになっている」。

「ことになっている」可以表示這個約定的結果的持續存在。

2 うちの会社は、福岡に新しい工場を作ることになっている。

我們公司決定在福岡設立一座新工廠。

3 隊長が来るまで、ここに留まることになっています。

按規定要留在這裡，一直到隊長來。

4 この決まりは、2年後に見直すこととなっている。

這項規則將於兩年後重新檢討。

5 社長はお約束のある方としかお会いしないこととなっております。

董事長的原則是只和事先約好的貴賓見面。

〜ことはない

1. 用不著…；3. 不是…、並非…；4. 沒…過、不曾…

類義表現
たらどうですか …如何？

1 **【勸告】**{動詞辭書形}＋ことはない。表示鼓勵或勸告別人，沒有做某行為的必要，相當於「〜する必要はない」，如例（1）。

2 〖口語〗口語中可將「ことはない」的「は」省略，如例（2）。

3 **【不必要】**是對過度的行動或反應表示否定。從「沒必要」轉變而來，也表示責備的意思。用於否定的強調，如例（3）。

4 **【經驗】**{[形容詞・形容動詞・動詞] た形}＋ことはない。表示以往沒有過的經驗，或從未有的狀態，如例（4）、（5）。

例1 時間は十分あるから、慌てることはない。

時間還十分充裕，不需要慌張。

現在是八點，跟 A 公司約九點開會，從這走到 A 公司只要二十分鐘，資料、簡報也都十分齊全了。

冷靜點嘛！時間還很充裕，「慌てることはない」（不需要慌張）的喔！

2 人がちょっと言い間違えたからって、そんなに笑うことないでしょう。

人家只不過是不小心講錯話而已，何必笑成那樣前仰後合的呢？

3 失恋したからってそう落ち込むな。この世の終わりということはない。

只不過是區區失戀，別那麼沮喪啦！又不是世界末日來了。

4 日本に行ったことはないが、日本人の友達は何人かいる。

我雖然沒去過日本，但有幾個日本朋友。

5 親友だと思っていた人に恋人を取られた。あんなに苦しかったことはない。

我被一個原以為是姊妹淘的好友給搶走男朋友了。我從不曾嘗過那麼痛苦的事。

～さい（は）、さいに（は）

…的時候、在…時、當…之際

類義表現
ところ（に／へ
／で／を）
…的時候、正在…時

接續方法▶ {名詞の；動詞普通形} ＋際、際は、際に（は）

【時候】表示動作、行為進行的時候。也就是面臨某一特殊情況或時刻。一般用在正式場合，日常生活中較少使用。相當於「～ときに」。

例1 仕事の際には、コミュニケーションを大切にしよう。

在工作時，要著重視溝通。

> 團體要得到共識，溝通是很重要的，尤其是在工作的時候。

> 表示「…的時候」用「際には」。

---

2 引っ越しの際の手続きは、水道、電気などいろいろある。

搬家時需辦理的手續包括水電帳戶的轉移等等。

3 お降りの際は、お忘れ物のないようご注意ください。

下車時請別忘了您隨身攜帶的物品。

4 何か変更がある際は、こちらから改めて連絡いたします。

若有異動時，我們會再和您聯繫。

5 パスポートを申請する際には写真が必要です。

申請護照時需要照片。

grammar 025

～さいちゅうに、 さいちゅうだ

正在…

類義表現

さい（は）
在…時、當…之際

接續方法 ▶ {名詞の；動詞て形＋ている}＋最中に、最中だ

1【進行中】「～最中だ」表示某一狀態、動作正在進行中，「～最中に」常用在某一時刻，突然發生了什麼事的場合，或正當在最高峰的時候被打擾了。相當於「～している途中に、している途中だ」，如例（1）～（4）。

2〖省略に〗有時會將「最中に」的「に」省略，只用「～最中」，如例（5）。

例1 例の件について、今検討している最中だ。

那個案子，現在正在檢討中。

那件企畫案，由於尺寸出了問題，所以大家正在檢討中。

表示檢討這一行為正在進行用「最中だ」。

---

2 大事な試験の最中に、急にお腹が痛くなってきた。

在重要的考試時，肚子突然痛起來。

3 この暑い最中に、停電で冷房が効かない。

在最熱的時候卻停電了，冷氣機無法運轉。

4 放送している最中に、非常ベルが鳴り出した。

廣播時警鈴突然響起來了。

5 試合の最中、急に雨が降り出した。

正在考試的時候，突然下起了雨。

〜さえ、でさえ、とさえ

grammar 026

1. 連…、甚至…；2. 就連…也…；3. 甚至

類義表現
まで
連…都

接續方法▶ {名詞＋（助詞）}＋さえ、でさえ、とさえ；{疑問詞…}＋かさえ；
{動詞意向形}＋とさえ

1【舉例】表示舉出一個程度低的、極端的例子都不能了，其他更不必提，含有吃驚的心情，後項多為否定的內容。相當於「〜すら、〜でも、〜も」，如例（1）～（3）。

2【程度】表示比目前狀況更加嚴重的程度，如例（4）。

3〖實際狀況〗表示平常不那麼認為，但實際是如此，如例（5）。

例1 私でさえ、あの人の言葉にはだまされました。

就連我也被他的話給騙了。

平常最精明的我，都被那個人的花言巧語給騙了。

暗含其它的人就更不用説了。

2 1年前は、「あいうえお」さえ書けなかった。

一年前連「あいうえお」都不會寫。

3 こんな字は初めて見ました。何語の字かさえ分かりません。

這種文字我還是頭一回看到，就連是什麼語言的文字都不知道。

4 電気もガスも、水道さえ止まった。

包括電氣、瓦斯，就連自來水也全都沒供應了。

5 失恋が辛くて、死にたいとさえ思ってしまいます。

失戀實在太痛苦，甚至有想死的念頭。

さえ〜ば、さえ〜たら

只要…（就）…

類義表現
とすれば 如果…的話

接續方法▶{名詞}＋さえ＋ {[形容詞・形容動詞・動詞] 假定形}＋ば、たら

1【條件】表示只要某事能夠實現就足夠了，強調只需要某個最低限度或唯一的條件，後項即可成立，相當於「〜その条件だけあれば」，如例（1）〜（4）。

2〔惋惜〕表達説話人後悔、惋惜等心情的語氣，如例（5）。

例1 手続きさえすれば、誰でも入学できます。
只要辦手續，任何人都能入學。

哇！這所學校門檻真低，只要申請一下，任誰都可以入學的。

也就是只要做「さえ…ば」前面的動作，其餘的都是小問題啦！

2 道が混みさえしなければ、空港まで 30 分で着きます。
只要不塞車，三十分鐘就可以抵達機場。

3 この試合にさえ勝てば、全国大会に出られる。
只要贏得這場比賽，就可以參加全國大賽。

4 君の歌さえよかったら、すぐでもコンクールに出場できるよ。
只要你歌唱得好，馬上就能參加試唱會！

5 私があんなことさえ言わなければ、妻は出て行かなかっただろう。
要是我當初沒説那種話，想必妻子也不至於離家出走吧。

grammar 028

（さ）せてください、（さ）せてもらえますか、（さ）せてもらえませんか

請讓…、能否允許…、可以讓…嗎？

類義表現
動詞＋てくださいませんか
能不能請你…

接續方法 ▶ {動詞否定形（去ない）；サ變動詞詞幹} ＋（さ）せてください、（さ）せてもらえますか、（さ）せてもらえませんか

【許可】「（さ）せてください」用在想做某件事情前，先請求對方的許可。「（さ）せてもらえますか、（さ）せてもらえませんか」表示徵詢對方的同意來做某件事情。以上三個句型的語氣都是客氣的。

例1 課長、その企画は私にやらせてください。

課長，那個企劃請讓我來做。

（暗想）：這份企劃案成功的話升遷就不是夢想！我可要好好把握！

「やる」變成「やらせてください」，語氣變得委婉許多，對上司講話就是要這麼客氣喔！

2 お願い、子供に会わせてください。

拜託你，請讓我見見孩子。

3 今日はこれで帰らせてもらえますか。

請問今天可以讓我回去了嗎？

4 お嬢さんと結婚させてください。

請同意我和令千金結婚。

5 海外転勤ですか…。家族と相談させてもらえますか。

調派到國外上班嗎…，可以讓我和家人商量一下嗎？

grammar 029

使役形＋もらう、くれる、いただく

請允許我…、請讓我…

類義表現
（さ）せる
讓…、叫…

接續方法▶ {動詞使役形}＋もらう、くれる、いただく

1 **【許可】** 使役形跟表示請求的「もらえませんか、いただけませんか、いただけますか、ください」等搭配起來，表示請求允許的意思，如例（1）、（2）。

2 **〔恩惠〕** 如果使役形跟「もらう、いただく、くれる」等搭配，就表示由於對方的允許，讓自己得到恩惠的意思，如例（3）～（5）。

例1 詳しい説明をさせてもらえませんか。

可以容我做詳細的説明嗎？

> 社長看著我提的企劃案皺起了眉頭，因此詢問能否容我當面説明一下。

> 使役形加上「もらう」就是「請允許我做…」的意思。

2 それはぜひ弊社にやらせていただけませんか。

那件工作能否務必交由敝公司承攬呢？

3 ここ1週間ぐらい休ませてもらったお陰で、体がだいぶよくなった。

多虧您讓我休息了這個星期，我的身體狀況好轉了許多。

4 父は土地を売って、大学院まで行かせてくれた。

父親賣了土地，供我讀到了研究所。

5 姉は、自分の大切なものでもいつも私に使わせてくれました。

以前姊姊即使是自己珍惜的東西也總是讓我用。

grammar 030

〜しかない

只能…、只好…、只有…

類義表現
より（ほか）ない 除了…之外沒有…

接續方法▶｛動詞辭書形｝＋しかない

【限定】表示只有這唯一可行的，沒有別的選擇，或沒有其它的可能性，用法比「〜ほかない」還要廣，相當於「〜だけだ」。

例1 病気になったので、しばらく休業するしかない。

因為生病，只好暫時歇業了。

因過勞病倒要住院治療，店就只好暫時歇業了。

「しかない」前接「しばらく休業する」這唯一可行的方法。表示沒有其他選擇了。

2 知事になるには、選挙で勝つしかない。

要當上知事，就只有打贏選戰了。

3 こんな会社で働くのはもう嫌だ。やめるしかない。

我再也不想在這種公司工作了！只有辭職一途了！

4 こうなったら、やるしかない。

事到如此，我只能咬牙做了。

5 もう我慢できない。離婚するしかない。

我再也無法忍受了！只能離婚了！

〜せいか

可能是（因為）…、或許是（由於）…的緣故吧

類義表現
ゆえ 因為

接續方法▶{名詞の；形容動詞詞幹な；[形容詞・動詞]普通形}＋せいか

1 【原因】表示不確定的原因，說話人雖無法斷言，但認為也許是因為前項的關係，而產生後項負面結果，相當於「〜ためか」，如例（1）〜（4）。

2 〖正面結果〗後面也可接正面結果，如例（5）。

例1 年のせいか、体の調子が悪い。

也許是年紀大了，身體的情況不太好。

也許是上了年紀，最近總特別容易累，又是這裡痠，那裡痛的。

「せいか」前接導致不利結果的原因，但是不是這原因又不是很清楚。

---

2 暑いせいか、頭がボーッとする。

可能是太熱的緣故，腦筋一片呆滯。

3 このゲームは、遊び方が複雑なせいか、評判が悪い。

這種電玩遊戲可能是玩法太複雜，以致於評價很差。

4 日本の漢字に慣れたせいか、繁体字が書けなくなった。

可能是因為已經習慣寫日本的漢字，結果變成不會寫繁體字了。

5 要点をまとめておいたせいか、上手に発表できた。

或許是因為有事先整理重點，所以發表得很好。

Track 1-32

grammar **032**

～せいで、せいだ

由於…、因為…的緣故、都怪…

類義表現
せいか
可能是（因為）…、或許是（由於）…的緣故吧

接續方法 ▶ {名詞の；形容動詞詞幹な；[形容詞・動詞]普通形}＋せいで、せいだ

1 【原因】表示發生壞事或會導致某種不利的情況的原因，還有責任的所在。「せいで」是「せいだ」的中頓形式。相當於「～が原因だ、～ため」，如例（1）～（3）。

2 〚否定句〛否定句為「せいではなく、せいではない」，如例（4）。

3 〚疑問句〛疑問句會用「せい＋表推量的だろう＋疑問終助詞か」，如例（5）。

例 1 おやつを食(た)べ過(す)ぎたせいで、太(ふと)った。

因為吃了太多的點心，所以變胖了。

來日本玩，看到好多期間限定、數量限定的零食，就一口氣全部買來吃吃看！

結果就胖兩公斤，用「せいで」表示，前接的「おやつを食べ過ぎた」（吃了太多的點心），是肥胖的原因。

2 家族(かぞく)を捨(す)てて出(で)て行(い)った父(ちち)のせいで、母(はは)は大変(たいへん)な苦労(くろう)をした。

由於父親拋下家人離開了，使得母親受盡了千辛萬苦。

3 霧(きり)が濃(こ)いせいで、遠(とお)くまで見(み)えない。

由於濃霧影響視線，因此無法看到遠處。

4 うまくいかなかったのは、君(きみ)のせいじゃなく、僕(ぼく)のせいでもない。

事情之所以不順利，原因既不在你身上，也不是我的緣故。

5 またスマホが壊(こわ)れた。使(つか)い方(かた)が乱暴(らんぼう)なせいだろうか。

智慧型手機又故障了。該不會是因為沒有妥善使用的緣故吧？

Grammar

來挑戰看看稍難的文法吧！做好萬全準備！邁向巔峰！

● {名詞} ＋からすれば、からすると

親からすれば、子供はみんな宝です。

對父母而言，小孩個個都是寶。

說明 表示判斷的依據。意思是：「從…來看」、「從…來說」。

● {[名詞・形容動詞詞幹] だ；[形容詞・動詞] 普通形} ＋からといって

読書が好きだからといって、一日中読んでいたら体に悪いよ。

即使愛看書，但整天抱著書看對身體也不好呀！

說明 （一）不能僅僅因為前面這一點理由，就做後面的動作。意思是：「（不能）僅因…就…」、「即使…，也不能…」；（二）引用別人陳述的理由。意思是：「說是（因為）…」。

● {名詞} ＋からみると、からみれば、からみて（も）

雲のようすから見ると、日中は雨が降りそうです。

從雲朵的樣子來看，白天好像會下雨。

說明 表示判斷的依據、角度。意思是：「從…來看」、「從…來說」、「根據…來看…」。

● {動詞た形} ＋きり…ない

彼女とは一度会ったきり、その後、会ってない。

跟她見過一次面以後，就再也沒碰過面了。

說明 前項的動作完成後，應該進展的事，就再也沒有下文了。意思是：「…之後，再也沒有…」。

● {[形容詞・形容動詞] 詞幹；動詞ます形} ＋げ

可愛げのない女の人は嫌いです。

我討厭不討人喜歡的女人。

說明 表示帶有某種樣子、傾向、心情及感覺。意思是：「…的感覺」、「好像…的樣子」。

● {名詞である；形容動詞詞幹な；[形容詞・動詞]普通形} ＋ことから、ところから

　顔がそっくりなことから、双子であることを知った。

　因為長得很像，所以知道是雙胞胎。

說明 表示判斷的理由。意思是：「從…來看」、「因為…」、「…因此…」。

● {名詞の} ＋ことだから

　主人のことだから、また釣りに行っているのだと思います。

　我想我老公一定又去釣魚吧！

說明 表示自己判斷的依據。意思是：「因為是…，所以…」。

● {動詞辭書形} ＋ことなく

　立ち止まることなく、未来に向かって歩いていこう。

　不要停下腳步，朝向未來邁進吧！

說明 表示從來沒有發生過某事。意思是：「不…」、「不…(就)…」、「不…地…」。

● {形容動詞詞幹な；形容詞辭書形；動詞た形} ＋ことに、ことには

　嬉しいことに、仕事は着々と進められました。

　高興的是，工作進行得很順利。

說明 表示說話人在敘述某事之前的心情。意思是：「令人感到…的是…」。

● {動詞否定形（去ない）} ＋ざるをえない

　上司の命令だから、やらざるを得ない。

　由於是上司的命令，也只好做了。

說明 表示除此之外，沒有其他的選擇。意思是：「不得不…」、「只好…」、「被迫…」。

● ｛動詞ます形｝＋しだい

> バリ島に着きしだい、電話します。
> 一到巴里島，馬上打電話給你。

説明 表示某動作剛一做完，就立即採取下一步的行動。意思是：「馬上⋯」、「⋯立即」、「⋯後立即⋯」。

● ｛名詞｝＋しだいだ、しだいで、しだいでは

> 一流の音楽家になれるかどうかは、才能しだいだ。
> 能否成為一流的音樂家，全憑才能了。

説明 表示行為動作要實現，全憑「次第だ」前面的名詞的情況而定。意思是：「全憑⋯」、「要看⋯而定」、「決定於⋯」。

● ｛名詞｝＋じょう、じょうは、じょうも

> 経験上、練習を三日休むと体がついていかなくなる。
> 就經驗來看，練習一停三天，身體就會生硬。

説明 表示「從這一觀點來看」的意思。意思是：「從⋯來看」、「出於⋯」、「鑑於⋯上」。

● ｛動詞否定形（去ない）｝＋ずにはいられない

> 素晴らしい風景を見ると、写真を撮らずにはいられません。
> 一看到美麗的風景，就禁不住想拍照。

説明 表示自己的意志無法克制，情不自禁地做某事。意思是：「不得不⋯」、「不由得⋯」、「禁不住⋯」。

● {名詞；形容動詞詞幹な；[形容詞・動詞]普通形}＋だけあって、だけのことはある

> このへんは、商業地域だけあって、とてもにぎやかだ。
>
> 這附近不愧是商業區，相當熱鬧。

説明 表示名實相符，後項結果跟自己所期待或預料的一樣，因而心生欽佩。意思是：「不愧是⋯」、「到底是⋯」、「無怪乎⋯」。

MEMO

だけしか

只…、…而已、僅僅…

接續方法 ▶ {名詞}＋だけしか

【限定】限定用法。下面接否定表現，表示除此之外就沒別的了。比起單獨用「だけ」或「しか」，兩者合用更多了強調的意味。

例1 **私にはあなただけしか見えません。**

我眼中只有你。

想要強調「只有」的話，用「だけしか」就對了。別忘了後面要接否定句喔！

交往 4 年了，我還是只深愛著我的男朋友，別的男人都不放在眼裡。

2 **僕の手元には、お金はこれだけしかありません。**

我手邊只有這些錢而已。

3 **新聞では、彼一人だけしか名前を出していない。**

報紙上只有刊出他一個人的名字。

4 **この果物は、今の季節だけしか食べられません。**

這種水果只有現在這個季節才吃得到。

5 **この辺りのバスは、朝に 1 本と夕方に 1 本だけしかない。**

這附近的巴士，只有早上一班和傍晚一班而已。

grammar 034

〜だけ（で）

1. 光…就…；2. 只是…、只不過…；3. 只要…就…

類義表現
しか
只、僅僅

接續方法▶ {名詞；形容動詞詞幹な；[形容詞・動詞] 普通形}＋だけ（で）

1【限定】 接在「考える（思考）、聞く（聽聞）、想像する（想像）」等詞後面時，表示不管有沒有實際體驗，都可以感受到，如例（1）、（2）。

2〖限定範圍〗 表示除此之外，別無其它，如例（3）～（4）。

3〖程度低〗 表示不需要其他辦法，只要最低程度的方法、人物等，就可以達成後項。「で」表示狀態。如例（5）。

例1 彼女と温泉なんて、想像するだけで嬉しくなる。

跟她去洗溫泉，光想就叫人高興了！

她答應跟我去箱根旅行了！那不就可以一起洗溫泉了。

「だけで」表示雖然還沒有跟她一起洗溫泉，但光憑想像就很高興了。

2 あなたがいてくれるだけで、私は幸せなんです。

只要有你陪在身旁，我就很幸福了。

3 後藤は口だけで、実行はしない男だ。

後藤是個舌燦蓮花，卻光說不練的男人。

4 ただ絵を描くのが好きなだけで、画家になりたいとは思っていません。

只是喜歡畫圖，沒想過要成為畫家。

5 名前と電話番号を登録するだけで、会員になれます。

只要登錄姓名和電話，就可以成為會員。

～たとえ～ても

即使…也…、無論…也…

類義表現
にしても
就算…，也…；即使…，也…

接續方法▶ たとえ＋｛動詞て形・形容詞く形｝＋ても；たとえ＋｛名詞；形容動詞詞幹｝＋でも

【逆接條件】表示讓步關係，即使是在前項極端的條件下，後項結果仍然成立。相當於「もし～だとしても」。

例1 たとえ明日雨が降っても、試合は行われます。

明天即使下雨，比賽還是照常舉行。

「たとえ」跟「ても」中間接極端的條件「明日雨が降る」。

表示即使「明天下雨」，還是要做後面的動作「試合は行なわれます」（進行比賽）。

2 たとえ給料が今の２倍でも、そんな仕事はしたくない。

就算給我現在的兩倍薪水，我也不想做那種工作。

3 たとえ費用が高くてもかまいません。

即使費用高也沒關係。

4 たとえ何を言われても、私は平気だ。

不管人家怎麼說我，我都不在乎。

5 たとえ家族が殺されても、犯人は死刑にすべきではないと思う。

就算我的家人遭到殺害，我也不認為凶手應該被處以死刑。

（た）ところ

…，結果…

類義表現

たら
（既定條件）—…原來…

接續方法 ▶ {動詞た形} ＋ところ

【順接】這是一種順接的用法，表示因某種目的去作某一動作，但在偶然的契機下得到後項的結果。前後出現的事情，沒有直接的因果關係，後項經常是出乎意料之外的客觀事實。相當於「～した結果」。

例1 事件に関する記事を載せたところ、大変な反響がありました。

去刊登事件相關的報導，結果得到熱烈的回響。

「（た）ところ」前接為了報導事件而做的「事件に関する記事を載せた」（刊登事件的消息）這一動作。

沒想到卻得到「たいへんな反響がありました」（熱烈的回響）的後項結果。

2 A社にお願いしたところ、早速引き受けてくれた。

去拜託A公司，結果對方馬上就答應了。

3 夏に日本へ行ったところ、台北より暑かった。

夏天去到了日本，竟然比台北還熱。

4 N3を受けてみたところ、受かった。

嘗試應考N3級測驗，結果通過了。

5 思い切って頼んでみたところ、OKが出ました。

鼓起勇氣提出請託後，得到了對方OK的允諾。

～たとたん（に）

剛…就…、剎那就…

類義表現

とともに

和…一起、與…同時，也…

接續方法▶｛動詞た形｝＋とたん（に）

【時間前後】表示前項動作和變化完成的一瞬間，發生了後項的動作和變化。由於說話人當場看到後項的動作和變化，因此伴有意外的語感，相當於「～したら、その瞬間に」。

例1 二人は、出会ったとたんに恋に落ちた。

　　兩人一見鍾情。

> 「たとたん」前後的動作之間的變化是瞬間的，也就是「一見鍾情」啦！

> 「出会った」（一見面）這一動作接「たとたん」，表示瞬間就發生了後項的動作「恋に落ちた」（戀愛了）。

2 発車したとたんに、タイヤがパンクした。

　才剛發車，輪胎就爆胎了。

3 4月になったとたん、春の大雪が降った。

　四月一到，突然就下了好大一場春雪。

4 バスを降りたとたんに、傘を忘れたことに気がついた。

　一下巴士，就立刻發現把傘忘在車上了。

5 窓を開けたとたん、ハエが飛び込んできた。

　一打開窗戶，蒼蠅立刻飛了進來。

grammar 038

～たび（に）

每次…、每當…就…

類義表現

につき
因…、因為…

接續方法 ▶ ｛名詞の；動詞辭書形｝＋たび（に）

1【反覆】表示前項的動作、行為都伴隨後項，也用在一做某事，總會喚起以前的記憶。相當於「～するときはいつも～」，如例（1）～（4）。

2〔變化〕表示每當進行前項動作，後項事態也朝某個方向逐漸變化，如例（5）。

例1 あいつは、会うたびに皮肉を言う。

每次跟那傢伙碰面，他就冷嘲熱諷的。

每次跟那傢伙碰面，他都會對我冷嘲熱諷。用「たび」表示每一次都會發生一樣的事情。

也就是，每次一有「たび」前面的動作「会う」（碰面），都會伴隨後面的動作「皮肉を言う」（冷嘲熱諷）。

2 健康診断のたびに、血圧が高いから塩分を控えなさいと言われる。

每次接受健康檢查時，醫生都説我血壓太高，要減少鹽分的攝取。

3 王さんには、試験のたびにノートを借りている。

每次考試都向王同學借筆記。

4 夏が来るたびに、敗戦の日のことを思い出す。

每當夏天來臨，就會想起戰敗那一天的事。

5 姉の子供に会うたび、大きくなっていてびっくりしてしまう。

每回見到姊姊的小孩時，總是很驚訝怎麼長得那麼快。

〜たら、だったら、かったら

要是…、如果…

類義表現
と
一…就

接續方法 ▶ {動詞た形}＋たら；{名詞・形容詞詞幹}＋だったら；{形容詞た形}＋かったら

【假定條件】前項是不可能實現，或是與事實、現況相反的事物，後面接上說話者的情感表現，有感嘆、惋惜的意思。

例1 鳥のように空を飛べたら、楽しいだろうなあ。

如果能像鳥兒一樣在空中飛翔，一定很快樂啊！

唉，真想要翅膀，想去哪裡就可以飛去哪裡～也不怕塞車。

可惜人類就是沒有翅膀，「たら」表示事與願違。

2 私がもっときれいだったら、告白できるんだけど。

假如我長得更漂亮一點，就可以向他表白了。

3 もっと頭がよかったら、いい仕事に就けたのに。

要是我更聰明一些，就能找到好工作了。

4 お金があったら、家が買えるのに。

如果有錢的話，就能買房子的說。

5 若い頃、もっと勉強しておいたらよかった。

年輕時，要是能多唸點書就好了。

～たらいい（のに）なあ、といい（のに）なあ

…就好了

ば～よかった
如果…的話就好了

接續方法▸{名詞;形容動詞詞幹}＋だといい（のに）なあ;{名詞;形容動詞詞幹}＋だったらいい（のに）なあ;{[動詞・形容詞]普通形現在形}＋といい（のに）なあ;{動詞た形}＋たらいい（のに）なあ;{形容詞た形}＋かったらいい（のに）なあ;{名詞;形容動詞詞幹}＋だったらいい（のに）なあ

1【願望】表示前項是難以實現或是與事實相反的情況，表現說話者遺憾、不滿、感嘆的心情，如例（1）～（3）。

2〔單純希望〕「たらいいなあ、といいなあ」單純表示說話者所希望的，並沒有在現實中是難以實現的，與現實相反的語意，如例（4）、（5）。

例1 もう少し給料が上がったらいいのになあ。

薪水若能再多一點就好了！

什麼都漲，就是薪水不漲。唉，又要縮衣節食了，真是窮忙族！

加薪實在很難，只能用「といい（のに）なあ」或是「たらいい（のに）なあ」來表示不滿。

2 お庭がもっと広いといいのになあ。

庭院若能再大一點就好了！

3 あと10センチ背が高かったらいいのになあ。

如果我再高十公分該有多好啊。

4 赤ちゃんが女の子だといいなあ。

小孩如果是女生就好了！

5 日曜日、晴れたらいいなあ。

星期天若能放晴就好了！

～だらけ

全是…、滿是…、到處是…

類義表現
ばかり
淨…、光…

接續方法▶ {名詞}＋だらけ

1 【樣態】表示數量過多，到處都是的樣子，不同於「まみれ」，「だらけ」前接的名詞種類較多，特別像是「泥だらけ（滿身泥巴）、傷だらけ（渾身傷）、血だらけ（渾身血）」等，相當於「～がいっぱい」，如例（1）、（2）。

2 〔貶意〕常伴有「不好」、「骯髒」等貶意，是說話人給予負面的評價，如例（3）、（4）。

3 〔不滿〕前接的名詞也不一定有負面意涵，但通常仍表示對說話人而言有諸多不滿，如例（5）。

例1 子供は泥だらけになるまで遊んでいた。

孩子們玩到全身都是泥巴。

小孩最愛玩泥巴了！玩得滿身都是呢！

「だらけ」表示都是前面接的那個名詞「泥」（泥巴）。

---

2 道に人が血だらけになって倒れていた。

有個渾身是血的人倒在路上了。

3 あの人は借金だらけだ。

那個人欠了一屁股債。

4 冷蔵庫の上がほこりだらけだ。

冰箱上面布滿了灰塵。

5 桜が散って、車が花びらだらけになった。

櫻花飄落下來，整輛車身都沾滿了花瓣。

grammar 042

～たらどうですか、たらどうでしょう（か）

…如何、…吧

類義表現
ほうがいい
還是…為好

接續方法▶｛動詞た形｝＋たらどうですか、たらどうでしょう（か）

1 **【提議】**用來委婉地提出建議、邀請，或是對他人進行勸説。儘管兩者皆為表示提案的句型，但「たらどうですか」説法較直接，「たらどうでしょう（か）」較委婉，如例（1）、（2）。

2 〔接連用形〕常用「動詞連用形＋てみたらどうですか、どうでしょう（か）」的形式，如例（3）。

3 〔省略形〕當對象是親密的人時，常省略成「～たらどう？、～たら？」的形式，如例（4）。

4 〔禮貌説法〕較恭敬的説法可將「どう」換成「いかが」，如例（5）。

例1 そんなに嫌なら、別れたらどうですか。

既然這麼心不甘情不願，不如分手吧？

> 我的男朋友又矮又醜又沒錢，最糟糕的是沒有上進心…。

> 不好意思要朋友直接甩掉男朋友，就用「たらどうですか」來委婉提出建議吧！

2 直すより、新型を買ったらどうでしょう。

與其修理，不如買個新款的吧？

3 そろそろＮ３を受けてみたらどうでしょう。

差不多該試著報考 N3 級測驗了，你覺得怎麼樣？

4 たまには運動でもしたらどう。

我看，偶爾還是運動一下比較好吧？

5 熱があるなら、今日はもうお帰りになったらいかがですか。

既然發燒了，我看您今天還是回去比較妥當吧？

～ついでに

順便…、順手…、就便…

類義表現
ながら
一邊…一邊…

接續方法 ▶ {名詞の；動詞普通形} ＋ついでに

【附加】表示做某一主要的事情的同時，再追加順便做其他件事情，後者通常是附加行為，輕而易舉的小事，相當於「～の機会を利用して、～をする」。

例1 知人を訪ねて京都に行ったついでに、観光をしました。

到京都拜訪朋友，順便觀光了一下。

到京都拜訪朋友，想順便去觀光了一下。

「ついでに」前接的是主要的事情「知人を訪ねて京都に行った」（到京都拜訪朋友），後接的是順便做的事情「観光をしました」（觀光）。

2 東京出張のついでに埼玉の実家にも寄ってきた。

利用到東京出差時，順便也繞去位在埼玉的老家探望。

3 先生のお見舞いのついでに、デパートで買い物をした。

到醫院去探望老師，順便到百貨公司買東西。

4 風邪で医者に行ったついでに、指のけがも見てもらった。

因為感冒而去找醫師，順便請醫師看了手指上的傷口。

5 いつも、晩ご飯を作るついでに、翌日のお弁当の用意もしておく。

平常總是在做晚飯時，順便準備好隔天的便當。

grammar 044

～っけ

是不是…來著、是不是…呢

類義表現
って
他說…；聽說…、據說…

接續方法▶ {名詞だ（った）；形容動詞詞幹だ（った）；[動詞・形容詞]た形}＋っけ

【確認】用在想確認自己記不清，或已經忘掉的事物時。「っけ」是終助詞，接在句尾。也可以用在一個人自言自語，自我確認的時候。當對象為長輩或是身分地位比自己高時，不會使用這個句型。

例1 ところで、あなたは誰だっけ。

話說回來，請問你哪位來著？

打棒球的時候，突然來了一人想加入。這個人以前好像見過。

你是誰呢？我們碰過面嗎？用「っけ」表示自己記不清的事物。

2 約束は 10 時だったっけ。

是不是約好十點來著？

3 あの映画、そんなに面白かったっけ。

那部電影真的那麼有趣嗎？

4 ここ、来たことなかったっけ。

這裡，沒來過嗎？

5 さて、寝るか。もう歯磨きはしたんだっけ。

好了，睡覺吧。刷過牙了嗎？

grammar 045

～って

1. 他說…、人家說…；2. 聽說…、據說…

類義表現
そうだ
聽說…、據說…

接續方法▸ {名詞（んだ）；形容動詞詞幹な（んだ）；[形容詞・動詞] 普通形（んだ）}＋って

1 **【引用】** 表示引用自己聽到的話，相當於表示引用句的「と」，重點在引用，如例（1）～（3）。

2 **【傳聞】** 也可以跟表説明的「んだ」搭配成「んだって」，表示從別人那裡聽說了某信息，如例（4）、（5）。

例1 駅の近くにおいしいラーメン屋があるって。

聽（朋友）説在車站附近有家美味的拉麵店。

我朋友又提供美食情報了！

用「って」表示引用聽到的話「車站附近有家美味的拉麵店」。重點在引用。

2 田中君、急に用事を思い出したから、少し時間に遅れるって。

田中説突然想起有急事待辦，所以會晚點到。

3 天気予報では、午後から涼しいって。

聽氣象預報説，下午以後天氣會轉涼。

4 食べるのは好きだけど飲むのは嫌いなんだって。

他説他很喜歡大快朵頤，卻很討厭喝杯小酒。

5 高田さん、森村さんに告白したんだって。

聽説高田先生向森村小姐告白了喔。

grammar
046

〜って（いう）、とは、という（のは）（主題・名字）

1.所謂的…、…指的是；2.叫…的、是…、這個…

類義表現

って
（主題・名字）叫…的、是…

1 【話題】{名詞}＋って、とは、というのは。表示主題，前項為接下來話題的主題內容，後面常接疑問、評價、解釋等表現，「って」為隨便的口語表現，「とは、というのは」則是較正式的說法，如例（1）～（3）。

2 〖短縮〗{名詞}＋って（いう）、という＋{名詞}。表示提示事物的名稱，如例（4）、（5）。

例1 日本語って、思ったより難しいですね。

日文比想像中還要困難呢。

現在日文課上到了動詞部份，哇！日文動詞變化跟日本人一樣太細膩了，真折騰人！

用「って」提出「日本語」（日文）這個話題，對這個話題發表意見或感想。

2 食べ放題とは、食べたいだけ食べてもいいということです。

所謂的吃到飽，意思就是想吃多少就可以吃多少。

3 アリバイというのは、何のことですか。

不在場證明是什麼意思啊？

4 村上春樹っていう作家、知ってる。

你知道村上春樹這個作家嗎？

5 日本にも台湾にも、「松山」という地名がある。

在日本和在台灣都有「松山」這個地名。

日文小祕方—口語常用說法

本專欄彙整了日文會話常用的說法，這些說法主要用在生活上，較不正式的場合喔！只要掌握這些日常說法，在聊天的時候就暢通無阻啦！

① ちゃ／じゃ／きゃ

	口語變化		中譯
では	➡	**じゃ**	可不翻譯

說明 在口語中「では」幾乎都變成「じゃ」。「じゃ」是「では」的縮略形式，也就是縮短音節的形式，一般是用在口語上。多用在跟自己比較親密的人，輕鬆交談的時候。

▶ これ、あんまりきれいじゃないね。
　這個好像不大漂亮耶！

▶ あの人、正子じゃない？
　那個人不是正子嗎？

	口語變化		中譯
てしまう	➡	**ちゃう**	…完、…了
でしまう	➡	**じゃう**	

說明 【動詞て形（去て）】＋ちゃう／じゃう。「…ちゃう」是「…てしまう」的省略形。表示完了、完畢，或某一行為、動作所造成無可挽回的現象或結果，亦或是某種所不希望的或不如意事情的發生。な、ま、が、ば行動詞的話，用「…じゃう」。

▶ 夏休みが終わっちゃった。
　暑假結束囉！

▶ うちの犬が死んじゃったの。
　我家養的狗死掉了。

── 口語變化 ──　　── 中譯 ──

3

| てはいけない | ➡ | ちゃいけない |
| でもいけない | ➡ | じゃいけない |

不要…、
不許…

說明【形容詞く形；動詞て形】＋ちゃいけない；【名詞；形容動詞詞幹】＋じゃいけない。「…ちゃいけない」為「…てはいけない」的口語形。表示根據某種理由、規則禁止對方做某事，有提醒對方注意、不喜歡該行為而不同意的語氣。

▶ ここで走っちゃいけないよ。
　　不可以在這裡奔跑喔！

▶ 子供がお酒を飲んじゃいけない。
　　小孩子不可以喝酒。

── 口語變化 ──　　── 中譯 ──

4

| なくてはいけない | ➡ | なくちゃいけない |
| なければならない | ➡ | なきゃならない |

不能不…、
不許不…；
必須…

說明【名詞で；形容詞く形；形容動詞詞幹で；動詞普通形】＋なくちゃいけない。「…なくちゃいけない」為「…なくてはいけない」的口語形。表示規定對方要做某事，具有提醒對方注意，並有義務做該行為的語氣。多用在個別的事情、對某個人。

　　【名詞で；形容詞く形；形容動詞詞幹で；動詞否定形（去い）】＋なきゃならない。「なきゃならない」為「なければならない」的口語形。表示無論是自己或對方，從社會常識或事情的性質來看，不那樣做就不合理，有義務要那樣做。

▶ 毎日、ちゃんと花に水をやらなくちゃいけない。
　　每天都必須幫花澆水。

▶ それ、今日中にしなきゃならないの。
　　這個非得在今天之內完成不可。

Spoken Language

② てる／てく／とく

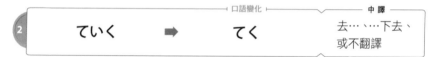

1

口語變化	中譯
ている ➡ てる	在…、正在…、…著

說明 表示動作、作用在繼續、進行中，或反覆進行的行為跟習慣，也指發生變化後結果所處的狀態。「…てる」是「…ている」的口語形，就是省略了「い」的發音。

▶ 何_{なに}をしてるの？

何をしてるの？

你在做什麼呀？

▶ 切符_{きっぷ}はどこで売_うってるの？

請問車票在哪裡販售呢？

2

口語變化	中譯
ていく ➡ てく	去…、…下去、或不翻譯

說明 「…ていく」的口語形是「…てく」，就是省略了「い」的發音。表示某動作或狀態，離說話人越來越遠地移動或變化，或從現在到未來持續下去。

▶ 車_{くるま}で送_{おく}ってくよ。

我開車送你過去吧！

▶ お願_{ねが}い、乗_のせてって。

求求你，載我去嘛！

3

口語變化		中譯
ておく ➡	とく	先…、…著

說明 「…とく」是「…ておく」的口語形，就是把「てお」（teo）說成「と」（to），省掉「e」音。「て形」就說成「…といて」。表示先做準備，或做完某一動作後，留下該動作的狀態。ま、な、が、ば行動詞的變化是由「…でおく」變為「…どく」。

▸ 僕のケーキも残しといてね！
　記得也要幫我留一塊蛋糕喔！

▸ 忘れるといけないから、今、薬を飲んどいて。
　忘了就不好了，先把藥吃了吧！

③ って／て

1

口語變化		中譯
というのは ➡	って	…是…

說明 【名詞】＋って。這裡的「…って」是「…というのは」的口語形。表示就對方所說的一部份，為了想知道更清楚，而進行詢問，或是加上自己的解釋。

▸ 中山さんって誰？知らないわよ、そんな人。
　中山小姐是誰？我才不認識那樣的人哩！

▸ あいつっていつもこうだよ。すぐうそをつくんだから。
　那傢伙老是這樣，動不動就撒謊。

2	という	➡	って、て	…所謂…，叫做…
		├─ 口語變化 ─┤		中譯

說明 【名詞；形容詞普通形；動詞普通形（の）】＋って。「…って、て」為「…という」的口語形，表示人或事物的稱謂，或提到事物的性質。

▶ ＯＬって<ruby>大変<rt>たいへん</rt></ruby>だね。
　粉領族真辛苦啊！

▶ これ、<ruby>何<rt>なん</rt></ruby>て<ruby>犬<rt>いぬ</rt></ruby>？
　這叫什麼狗啊？

▶ チワワっていうのよ。
　叫吉娃娃。

3	<ruby>と思<rt>おも</rt></ruby>う	➡	って	認為…，聽說…
	<ruby>と聞<rt>き</rt></ruby>いた	➡	って	
		├─ 口語變化 ─┤		中譯

說明 這裡的「…って」是「と思う、と聞いた」的口語形。用在告訴對方自己所想的，或所聽到的。

▶ よかったって<ruby>思<rt>おも</rt></ruby>ってるんだよ。
　我覺得真是太好了。

▶ <ruby>花子<rt>はなこ</rt></ruby>、<ruby>見合<rt>みあ</rt></ruby>い<ruby>結婚<rt>けっこん</rt></ruby>だって。
　聽說花子是相親結婚的。

4 ということだ ➡ って、だって

中譯
（某某）説…、
聽説…

說明【［形容詞・動詞］普通形】＋（んだ）って；【名詞；形容動詞詞幹】＋（なん）
だって。「…って」是「…ということだ」的口語形。表示傳聞。是引用傳達別人的
話，這些話常常是自己直接聽到的。

▶ 彼女、行かないって。
　聽説她不去。

▶ お兄さん、今日は帰りが遅くなるって。
　哥哥説過他今天會晚點回家唷！

▶ 彼女のご主人、お医者さんなんだって。
　聽説她老公是醫生呢！

④ たって／だって

1 ても ➡ たって

口語變化

中譯
即使…也…、
雖説…但是…

說明【形容詞く形；動詞た形】＋たって。「…たって」就是「…ても」。表示假
定的條件。後接跟前面不合的事，後面的成立，不受前面的約束。

▶ 私に怒ったってしかたないでしょう？
　就算你對我發脾氣也於事無補吧？

▶ いくら勉強したって、わからないよ。
　不管我再怎麼用功，還是不懂嘛！

▶ 遠くたって、歩いていくよ。
　就算很遠，我還是要走路去。

▶ いくら言ったってだめなんだ。
　不管你再怎麼説還是不行。

| | でも ➡ だって | ┤ 口語變化 ├ ┤ 中譯 ├
（名詞）即使…也…；
（疑問詞）…都… |

説明 【名詞】＋だって。「だって」相當於「…でも」。表示假定逆接。就是後面的成立，不受前面的約束。

　　【疑問詞（＋助詞）】＋だって。表示全都這樣，或是全都不是這樣的意思。

▶ 不便だってかまわないよ。
　　就算不方便也沒有關係。

▶ 強い人にだって勝てるわよ。
　　再強的人我都能打贏。

▶ 時間はいつだっていいんだ。
　　不論什麼時間都無所謂。

⑤ ん

| | ない ➡ ん | ┤ 口語變化 ├ |

説明 「ない」説文言一點是「ぬ」（nu），在口語時脱落了母音「u」，所以變成「ん」（n），也因為是文言，所以説起來比較硬，一般是中年以上的男性使用。

▶ 来るか来ないかわからん。
　　我不知道他會不會來。

▶ 間に合うかもしれんよ。
　　説不定還來得及喔！

2　　　　ら行　　　➡　　　　ん

說明 口語中也常把「ら行」「ら、り、る、れ、ろ」變成「ん」。如：「やるの→やんの」、「わからない→わかんない」、「お帰りなさい→お帰んなさい」、「信じられない→信じらんない」。後三個有可愛的感覺，雖然男女都可以用，但比較適用女性跟小孩。對日本人而言，「ん」要比「ら行」的發音容易喔！

▶ 信_{しん}じらんない、いったいどうすんの？
　　真令人不敢相信！到底該怎麼辦啊？

▶ この問題_{もんだいむずか}難しくてわかんない。
　　這一題好難，我都看不懂。

3　　　　の　　　➡　　　　ん

說明 口語時，如果前接最後一個字是「る」的動詞，「る」常變成「ん」。另外，在 [t]、[d]、[tʃ]、[r]、[n] 前的「の」在口語上有發成「ん」的傾向。【[形容詞・動詞] 普通形；[名詞・形容動詞詞幹]（な）】＋んだ。這是用在表示說明情況或強調必然的結果，是強調客觀事實的句尾表達形式。「…んだ」是「…のだ」的口語音變形式。

▶ 今_{いま}から出_でかけるんだ。
　　我現在正要出門。

▶ もう時間_{じかん}なんで、お先_{さき}に失礼_{しつれい}。
　　時間已經差不多了，容我先失陪。

▶ ここんとこ、忙_{いそが}しくて。
　　最近非常忙碌。

⑥ 其他各種口語縮約形

| 口語變化 |
| **1** **變短** |

說明 口語的表現，就是求方便，聽得懂就好了，所以容易把音吃掉，變得更簡短，或是改用比較好發音的方法。如下：

| けれども ➡ けど　　ところ ➡ とこ　　すみません ➡ すいません |
| わたし ➡ あたし　　このあいだ ➡ こないだ |

▶ 今迷ってるとこなんです。
　　我現在正猶豫不決。

▶ 音楽会の切符あるんだけど、どう？
　　我有音樂會的票，要不要一起去呀？

▶ あたし、料理苦手なのよ。
　　我的廚藝很差。

| 口語變化 |
| **2** **長音短音化** |

說明 把長音發成短音，也是口語的一個特色。總之，口語就是一個求方便、簡單。括號中為省去的長音。

▶ かっこ（う）いい彼が欲しい。
　　我想要一個很帥的男朋友。

▶ 今日、けっこ（う）歩くね。
　　今天走了不少路哪！

3 口語變化
促音化

說明 口語中為了說話表情豐富，或有些副詞為了強調某事物，而有促音化「っ」的傾向。如下：

こちら ➡ こっち	そちら ➡ そっち	どちら ➡ どっち
どこか ➡ どっか	すごく ➡ すっごく	ばかり ➡ ばっかり
やはり ➡ やっぱり	くて ➡ くって（よくて→よくって）	やろうか ➡ やろっか

▶ こっちにする、あっちにする？
　要這邊呢？還是那邊呢？

▶ じゃ、どっかで会おっか。
　那麼，我們找個地方碰面吧？

▶ あの子、すっごく可愛いんだから。
　那個小孩子實在是太可愛了。

4 口語變化
撥音化

說明 加入撥音「ん」有強調語氣作用，也是口語的表現方法。如下：

あまり ➡ あんまり	おなじ ➡ おんなじ

▶ 家からあんまり遠くないほうがいい。
　最好離家不要太遠。

▶ 大きさがおんなじぐらいだから、間違えちゃいますね。
　因為大小尺寸都差不多，所以會弄錯呀！

┌─ 口語變化 ─┐

5 拗音化

説明 「れは」變成「りゃ」、「れば」變成「りゃ」是口語的表現方式。這種説法讓人有「粗魯」的感覺，大都為中年以上的男性使用。常可以在日本人吵架的時候聽到喔！如下：

これは ➡ こりゃ　　それは ➡ そりゃ　　れば ➡ りゃ（食べれば ➡ 食べりゃ）

▶ こりゃ難しいや。
　　這下可麻煩了。

▶ そりゃ大変だ。急がないと。
　　那可糟糕了，得快點才行。

▶ そんなにやりたきゃ、勝手にすりゃいい。
　　如果你真的那麼想做的話，那就悉聽尊便吧！

┌─ 口語變化 ─┐

6 省略開頭

説明 説得越簡單、字越少就是口語的特色。省略字的開頭也很常見。如下：

それで ➡ で　　　　いやだ ➡ やだ　　　ところで ➡ で

▶ 丸いのはやだ。
　　我不要圓的！

▶ ったく、人をからかって。
　　真是的，竟敢嘲弄我！

▶ そうすか、じゃ、お言葉に甘えて。
　　是哦，那麼，就恭敬不如從命了。

7

─┤ 口語變化 ├─

省略字尾

說明 前面說過，說得越簡單、字越少就是口語的特色。省略字尾也很常見喔！如下：

帰ろう ➡帰ろ	でしょう ➡ でしょ（だろう→だろ）
ほんとう ➡ほんと	ありがとう ➡ありがと

▶ きみ、独身だろ？
   你還沒結婚吧？

▶ ほんと？どうやるんですか。
   真的嗎？該怎麼做呢？

8

─┤ 口語變化 ├─

母音脱落

說明 母音連在一起的時候，常有脱落其中一個母音的傾向。如下：

▶ ほうがいいんです→ほうがインです。
   （いい→「ii → i（イ）」）
   這樣比較好。

▶ やむをえない→やモえない。
   （むを→「muo → mo（も）」）
   不得已。

⑦ 省略助詞

<table>
<tr><td>1</td><td>┌── 口語變化 ──┐
を</td></tr>
</table>

説明 在口語中，常有省略助詞「を」的情況。

▶ ご飯（を）食べない？
　 要不要一起來吃飯呢？

▶ いっしょにビール（を）飲まない？
　 要不要一起喝啤酒呢？

<table>
<tr><td>2</td><td>┌── 口語變化 ──┐
が、に（へ）</td></tr>
</table>

説明 如果從文章的前後文內容來看，意思很清楚，不會有錯誤時，常有省略「が」、「に（へ）」的傾向。其他的情況，就不可以任意省略喔！

▶ 面白い本（が）あったらすぐ買うの？
　 要是發現有趣的書，就要立刻買嗎？

▶ コンサート（に／へ）行く？
　 要不要去聽演唱會呢？

▶ 遊園地（に／へ）行かない？
　 要不要去遊樂園呢？

口語變化

3 **は**

說明 提示文中主題的助詞「は」在口語中，常有被省略的傾向。

▶ 昨日(きのう)のパーティー（は）どうだった？

昨天的派對辦得怎麼樣呢？

▶ 学校(がっこう)（は）何時(なんじ)からなの？

學校幾點上課？

⑧ 縮短句子

口語變化

1

てください	➡	て
ないでください	➡	ないで

說明 簡單又能迅速表達意思，就是口語的特色。請求或讓對方做什麼事，口語的說法，就用這裡的「て」（請）或「ないで」（請不要）。

▶ 智子(ともこ)、辞書(じしょ)持(も)ってきて。

智子，把辭典拿過來。

▶ 何(なに)も言(い)わないで。

什麼話都不要說。

┤ 口語變化 ├

2

なくてはいけない	➡	なくては
なくちゃいけない	➡	なくちゃ
ないといけない	➡	ないと

説明 表示不得不，應該要的「なくては」、「なくちゃ」、「ないと」都是口語的形式。朋友和家人之間，簡短的說，就可以在很短的時間，充分的表達意思了。

▶ 明日返さなくては。
あした かえ
明天就該歸還的。

▶ もっと急がないと。
いそ
再不快點就來不及了。

▶ 皆さんに謝らなくちゃ。
みな あやま
得向大家道歉才行。

┤ 口語變化 ├

3

たらどうですか	➡	たら
ばどうですか	➡	ば
てはどうですか	➡	ては

説明 「たら」、「ば」、「ては」都是省略後半部，是口語常有的說法。都有表示建議、規勸對方的意思。都有「…如何」的意思。朋友和家人之間，由於長期生活在一起，有一定的默契，所以話可以不用整個講完，就能瞭解意思啦！

▶ 難しいなら、先生に聞いてみたら？
むずか せんせい き
這部分很難，乾脆去請教老師吧？

▶ 電話してみれば？
でん わ
乾脆打個電話吧？

▶ 食べてみては？
た
要不要吃吃看呢？

⑨ 曖昧的表現

<table>
<tr><td>1</td><td>── 口語變化 ──

でも</td><td>── 中 譯 ──

…之類、…等等</td></tr>
</table>

說明 說話不直接了當，給自己跟對方留餘地是日語的特色。「名詞（＋助詞）＋でも」不用說明情況，只是舉個例子來提示，暗示還有其他可以選擇。

▶ ねえ。犬でも飼う？
　我說呀，要不要養隻狗呢？

▶ コーヒーでも飲む？
　要不要喝杯咖啡？

<table>
<tr><td>2</td><td>── 口語變化 ──

なんか</td><td>── 中 譯 ──

…之類、…等</td></tr>
</table>

說明 【名詞（＋助詞）】＋なんか。是不明確的斷定，說的語氣婉轉，這時相當於「など」。表示從多數事物中特舉一例類推其它，或列舉很多事物接在最後。

▶ 納豆なんかどう？体にいいんだよ。
　要不要吃納豆呢？有益身體健康喔！

▶ これなんか面白いじゃないか。
　像這種東西不是挺有意思的嗎？

┌─ 口語變化 ─┐　　　　　　　　┌─ 中譯 ─┐

3

たり

有時…，有時…；
又…又…

說明 【名詞；形容動詞詞幹】＋だったり；【形容詞た形；動詞た形】＋り。表示列舉同類的動作或作用。

▶ 夕食の時間は７時だったり８時だったりで、決まっていません。

　晚餐的時間有時候是七點，有時候是八點，不太一定。

▶ 最近、暑かったり寒かったりだから、風邪を引かないようにね。

　最近時熱時冷，小心別感冒囉！

▶ 休みはいつも部屋で音楽聴いたり本読んだりしてるよ。

　假日時，我總是在房間裡聽聽音樂、看看書啦！

┌─ 口語變化 ─┐　　　　　　　　┌─ 中譯 ─┐

4

とか

…啦…啦、…或…

說明 【名詞】＋とか（名詞＋とか）；【動詞辭書形】＋とか（動詞辭書形＋とか）。表示從各種同類的人事物中選出一、兩個例子來說，或羅列一些事物。

▶ 頭が痛いって、どしたの？お父さんの会社、危ないとか？

　你怎麼會頭疼呢？難道是你爸爸的公司面臨倒閉危機嗎？

▶ 休みの日は、テレビを見るとか本を読むとかすることが多い。

　假日時，我多半會看電視或是看書。

5	口語變化	中譯
	し	因為…

說明【[名詞・形容詞・形容動詞詞幹・動詞] 普通形】＋し。表示構成後面理由的幾個例子。

▶ 今日は暇だし、天気もいいし、どっか行こうよ。
　今天沒什麼事，天氣又晴朗，我們挑個地方走一走吧！

▶ 今年は、給料も上がるし、結婚もするし、いいことがいっぱいだ。
　今年加了薪又結了婚，全都是些好事。

⑩ 語順的變化

1	口語變化
	感情句移到句首

說明 迫不及待要把自己的喜怒哀樂，告訴對方，口語的表達方式，就是把感情句放在句首。

▶ 優勝できておめでとう。→ おめでとう、優勝できて。
　恭喜榮獲冠軍！

▶ その日行けなくても仕方ないよね。→ 仕方ないよね、その日行けなくても。
　那天沒辦法去也是無可奈何的事呀！

┤ 口語變化 ├

2 先說結果，再說理由

說明 對方想先知道的，先講出來，就是口語的常用表現方法了。

▶ 格好悪いから嫌だよ。→ 嫌だよ、格好悪いから。
　那樣很遜耶，我才不要哩！

▶ 日曜日だから銀行休みだよ。→ 銀行休みだよ、日曜日だから。
　因為是星期天，所以銀行沒有營業呀！

┤ 口語變化 ├

3 疑問詞移到句首

說明 有疑問，想先讓對方知道，口語中常把疑問詞放在前面。

▶ これは何？→ 何、これ？
　這是什麼？

▶ 時計はどこに置いたんだろう。→ どこに置いたんだろう、時計？
　不知道手錶放到哪裡去了呢？

┤ 口語變化 ├

**4 自己的想法、心情
部分，移到前面**

說明 最想讓對方知道的事，如自己的想法或心情部分，要放到前面。

▶ その日用事があって、ごめん。→ ごめん、その日用事があって。
　那天剛好有事，對不起。

▶ 中に持って来ちゃだめ。→ だめ、中に持って来ちゃ。
　不可以帶進室內！

5 副詞或副詞句，
移到句尾

說明 句中的副詞，也就是強調的地方，為了強調、叮嚀，口語中會移到句尾，再加強一次語氣。

▶ ぜひお試しください。→ お試しください、ぜひ。
請務必試試看。

▶ ほんとは、僕も行きたかったな。→ 僕も行きたかったな、ほんとは。
其實我也很想去哪！

⑪ 其他

1 重複的說法

說明 為了強調說話人的情緒，讓聽話的對方，能馬上感同身受，口語中也常用重複的說法。效果真的很好喔！如「だめだめ」（不行不行）、「よしよし」（太好了太好了）等。

▶ へえ、これが作り方の説明書か。どれどれ。
是哦，這就是作法的說明書嗎。我瞧瞧、我瞧瞧。

▶ ごめんごめん！待った？
抱歉抱歉！等很久了嗎？

2 ┤口語變化├ 「どうぞ」、「どうも」 等固定表現

說明 日語中有一些固定的表現，也是用省略後面的說法。這些說法可以用在必須尊重的長輩上，也可以用在家人或朋友上。這樣的省略說法，讓對話較順暢。

▶ どうぞお大事（だいじ）にしてください。→ どうぞお大事（だいじ）に。
請多加保重身體。

▶ どうぞご心配（しんぱい）なさらないでください。→ どうぞご心配（しんぱい）なく。
敬請無需掛意。

▶ どうもありがとう。→ どうも。
謝謝。

3 ┤口語變化├ 口語常有的表現（一）

說明 「っていうか」相當於「要怎麼說…」的意思。用在選擇適當的說法的時候；「ってば」意思近似「…ったら」，表示很想跟對方表達心情時，或是直接拒絕對方，也用在重複同樣的事情，而不耐煩的時候。相當口語的表現方式。

▶ 山田君（やまだくん）って、山男（やまおとこ）っていうか、素朴（そぼく）で、男（おとこ）らしくて。
該怎麼形容山田呢？他像個山野男兒，既樸直又有男子氣概。

▶ そんなに怒（おこ）るなよ、冗談（じょうだん）だってば。
你別那麼生氣嘛，只不過是開開玩笑而已啦！

4 口語常有的表現（二）

說明 「なにがなんだか」強調完全不知道之意；另外，叫對方時，沒有加上頭銜、小姐、先生等，而直接叫名字的，是口語表現的另一特色，特別是在家人跟朋友之間。

▶ 難^{むずか}しくて、何^{なに}が何^{なん}だかわかりません。

　太難了，讓我完全摸不著頭緒。

▶ みか、どの家^{いえ}がいいと思^{おも}う？

　美佳，妳覺得哪間房子比較好呢？

▶ まゆみ、お父^{とう}さんみたいな人^{ひと}と付^つき合^あうんじゃない。

　真弓，不可以跟像妳爸爸那種人交往！

～っぱなしで、っぱなしだ、っぱなしの

1.…著；2.一直…、總是…

類義表現
まま
…著

接續方法 ▶ {動詞ます形}＋っ放しで、っ放しだ、っ放しの

1【放任】「はなし」是「はなす」的名詞形。表示該做的事沒做，放任不管、置之不理。大多含有負面的評價。如例（1）～（3）。

2【持續】表示相同的事情或狀態，一直持續著。如例（4）。

3〔後接N〕使用「っ放しの」時，後面要接名詞，如例（5）。

例1 蛇口を閉めるのを忘れて、水が流れっ放しだった。
忘記關水龍頭，就讓水一直流著。

> 地板怎麼是濕的！？糟了！原來是沒關水龍頭，水就這樣流了一整天。

> 這裡是說話者開了水龍頭後，就沒有理會水龍頭還沒關這件事，就「水が流れっぱなし」（任水一直流）。

2 ゆうべは暑かったので、窓を開けっ放しで寝た。
昨晚很熱，所以開著窗子睡覺了。

3 靴は脱ぎっぱなしにしないで、ちゃんと揃えなさい。
不要脫了鞋子就扔在那裡，把它擺放整齊。

4 私の仕事は、1日中ほとんどずっと立ちっ放しです。
我的工作幾乎一整天都是站著的。

5 偉い人たちに囲まれて、緊張しっ放しの3時間でした。
身處於大人物們之中，度過了緊張不已的三個小時。

048
～っぽい

看起來好像…、感覺像…

接續方法 ▶ {名詞；動詞ます形} ＋っぽい

【傾向】接在名詞跟動詞連用形後面作形容詞，表示有這種感覺或有這種傾向。與語氣具肯定評價的「らしい」相比，「っぽい」較常帶有否定評價的意味。

例1 君は、浴衣を着ていると女っぽいね。

你一穿上浴衣，就很有女人味唷！

平常老是穿牛仔褲的女孩，今天穿起浴衣來了，給人感覺比較有女人味喔！

「っぽい」表示有這種感覺，「女っぽい」表示給人感覺很有女人味。

---

2 あの黒っぽいスーツを着ているのが村山さんです。

穿著深色套裝的那個人是村山小姐。

3 彼は短気で、怒りっぽい性格だ。

他的個性急躁又易怒。

4 その本の内容は、子供っぽすぎる。

這本書的內容太幼稚了。

5 あの人は忘れっぽくて困る。

那個人老忘東忘西的，真是傷腦筋。

～ていらい

自從…以來，就一直…、…之後

類義表現

から

自從…

1 【起點】{動詞て形}＋て以来。表示自從過去發生某事以後，直到現在為止的整個階段，後項是一直持續的某動作或狀態，不用在後項行為只發生一次的情況，也不用在剛剛發生不久的事。跟「～てから」相似，是書面語，如例（1）～（3）。

2 〖サ変動詞的 N ＋以来〗{サ変動詞語幹}＋以来，如例（4）、（5）。

例1 手術をして以来、ずっと調子がいい。

手術完後，身體狀況一直很好。

最近精神百倍，身體像充了電一樣！是從什麼時候開始的呢？

「以来」前接「手術をして」，表示自從動手術以後，一直到現在，這整個階段，一直持續「調子がいい」（身體狀況不錯）這一狀態。

2 彼女は嫁に来て以来、一度も実家に帰っていない。

自從她嫁過來以後，就沒回過娘家。

3 子供ができて以来、お酒は飲んでいない。

自從有孩子以後就不喝酒了。

4 わが社は創立以来、成長を続けている。

自從本公司設立以來，便持續地成長。

5 福田さんは、入学以来いつも成績が学年で一番だ。

自入學以來，福田同學的成績總是保持全學年的第一名。

〜てからでないと、てからでなければ

不…就不能…、不…之後，不能…、…之前，不…

類義表現
うえで
在…之後

接續方法▶ {動詞て形} ＋てからでないと、てからでなければ

【條件】 表示如果不先做前項，就不能做後項，表示實現某事必需具備的條件。後項大多為困難、不可能等意思的句子。相當於「〜した後でなければ」。

例1 準備体操をしてからでないと、プールに入ってはいけません。

不先做暖身運動，就不能進游泳池。

不先暖身就游泳，肌肉瞬間壓力一大，就很容易抽筋的喔！

如果不先做「てからでないと」之前的動作「準備体操をする」（暖身運動），就不做後面的動作「プールにはいる」（進游泳池）。

2 ご飯を全部食べてからでないと、アイスを食べてはいけません。

除非把飯全部吃完，否則不可以吃冰淇淋。

3 仕事が終わってからでないと、時間が取れません。

除非等到下班以後，否則抽不出空。

4 病気が完全に治ってからでなければ、退院できません。

疾病沒有痊癒之前，就不能出院的。

5 よく調べてからでなければ、原因についてはっきりしたことは言えない。

除非經過仔細的調查，否則無法斷言事發原因。

grammar 051

〜てくれと
給我…

類義表現
てもらえないか 能（為我）做…嗎

接續方法 ▶ {動詞て形} ＋てくれと

【命令】後面常接「言う（説）、頼む（拜託）」等動詞，表示引用某人下的強烈命令，或是要別人替自己做事的內容這個某人的地位比聽話者還高，或是輩分相等，才能用語氣這麼不客氣的命令形。

例1 社長に、タクシーを呼んでくれと言われました。
社長要我幫他叫台計程車。

晚上招待日本客戶結束，社長要我幫他和客人叫計程車。

社長地位比我高，所以用命令形的「てくれと」來讓我幫他做「叫計程車」這個動作。

2 友達にお金を貸してくれと頼まれた。
朋友拜託我借他錢。

3 そのことは父には言わないでくれと彼に頼んだ。
我拜託他那件事不要告訴我父親。

4 今朝木村さんに、早く報告書を出してくれと言われたんだ。
今早木村先生叫我盡快把報告書交出來。

5 彼氏の友達に、親友の恵ちゃんを紹介してくれと頼まれた。
男友的朋友拜託我把手帕交的小惠介紹給他認識。

～てごらん

…吧、試著…

接續方法▸{動詞て形}＋てごらん

1 【嘗試】用來請對方試著做某件事情。説法比「～てみなさい」客氣，但還是不適合對長輩使用，如例（1）～（4）。

2 〔漢字〕「～てごらん」為「～てご覧なさい」的簡略形式，有時候也會用未簡略的原形。使用未簡略的形式時，通常會用「覧」的漢字書寫，而簡略時則常會用假名表記呈現，「～てご覧なさい」用法如例（5）。

例1 目をつぶって、森の音を聞いてごらん。

閉上眼睛，聽聽森林的聲音吧！

森林的空氣真新鮮！咦？剛剛那個是五色鳥的叫聲嗎？你聽到了嗎？

如果請別人做某個動作的話，可以用「てごらん」。

2 川に飛び込んでごらん、ここからなら危なくないよ。

試試跳進河裡，從這裡下去不會危險喔。

3 見てごらん、虹が出ているよ。

你看，彩虹出來囉！

4 これ、すごく面白かったから、読んでごらんよ。

這個，有意思極了，你讀一讀嘛！

5 これは「もんじゃ焼き」っていうのよ。ちょっと食べてご覧なさい。

這東西就叫做文字燒喔！你吃吃看！

053 〜て（で）たまらない

非常…、…得受不了

類義表現
てしかたがない
非常…、…甚至無法忍耐

接續方法 ▶ {[形容詞・動詞] て形} ＋てたまらない；{形容動詞詞幹} ＋でたまらない

1 **【感情】** 指説話人處於難以抑制，不能忍受的狀態，前接表達感覺、感情的詞，表示説話人強烈的感情、感覺、慾望等，相當於「〜てしかたがない、〜非常に」，如例（1）〜（4）。

2 **〖重複〗** 可重複前項以強調語氣，如例（5）。

例1 勉強が辛くてたまらない。

書唸得痛苦不堪。

我們常説的「辛苦死了」，這個表示強烈的感情的「…死了」，就用「てたまらない」這個句型。

凡是説話人不能忍受的強烈感情及慾望等的「痛死了、愛死了、想死了」都可以用呢！

2 低血圧で、朝起きるのが辛くてたまらない。

因為患有低血壓，所以早上起床時非常難受。

3 N1に合格して、嬉しくてたまらない。

通過 N1 級測驗，簡直欣喜若狂。

4 最新のコンピューターが欲しくてたまらない。

想要新型的電腦，想要得不得了。

5 あの人のことが憎くて憎くてたまらない。

我對他恨之入骨。

grammar 054

〜て（で）ならない

…得受不了、非常…

類義表現

て（で）たまらない

非常…、…得受不了

接續方法 ▶ {[形容詞・動詞]て形}＋てならない；{名詞；形容動詞詞幹}＋でならない

1【感情】表示因某種感受十分強烈，達到沒辦法控制的程度，相當於「〜てしょうがない」等，如例（1）、（2）。

2〖接自發性動詞〗不同於「〜てたまらない」，「〜てならない」前面可以接「思える（看來）、泣ける（忍不住哭出來）、気になる（在意）」等非意志控制的自發性動詞，如例（3）〜（5）。

例1 新しいスマホが欲しくてならない。

非常渴望新款的智慧手機。

可以讓我隨時塗鴉、做筆記、捕捉瞬間精彩片段的新款手機，聽說S公司現在真的要上市啦！這是我一直想要的！

用來表達夢寐以求「非常…到受不了」的這種感情，就用「てならない」。

2 老後が心配でならない。

對於晚年的人生擔心得要命。

3 日本はこのままではだめになると思えてならない。

實在不由得讓人擔心日本再這樣下去恐怕要完蛋了。

4 主人公がかわいそうで、泣けてならなかった。

主角太可憐了，讓人沒法不為他流淚。

5 彼女のことが気になってならない。

十分在意她。

grammar 055
～て（で）ほしい、てもらいたい

想請你…

類義表現
てもらう
（我）請（某人為我做）…

1 【願望】{動詞て形}＋てほしい。表示對他人的某種要求或希望，如例（1）、（2）。

2 〖否定説法〗否定的説法有「ないでほしい」跟「てほしくない」兩種，如例（3）。

3 【請求】{動詞て形}＋てもらいたい。表示想請他人為自己做某事，或從他人那裡得到好處，如例（4）、（5）。

例1 袖の長さを直してほしいです。
我希望你能幫我修改袖子的長度。

袖子太長了，幫我改一下吧！

用「てほしい」表示希望他人幫自己，做「修改袖子長度」這件事。

---

2 思いやりのある子に育ってほしいと思います。
我希望能將他培育成善解人意的孩子。

3 神田さんには、パーティーに来てほしくない。
不希望神田先生來參加派對。

4 お父さんに煙草をやめてもらいたい。
希望爸爸能夠戒菸。

5 インタビューするついでに、サインもしてもらいたいです。
在採訪時，也希望您順便幫我簽個名。

〜てみせる

1. 做給…看；2. 一定要…

類義表現
てみる 試著（做）…

接續方法▶ {動詞て形} ＋てみせる

1 【示範】表示為了讓別人能瞭解，做出實際的動作示範給別人看，如例（1）、（2）。

2 【意志】表示説話人強烈的意志跟決心，含有顯示自己的力量、能力的語氣，如例（3）〜（5）。

例1 子供に挨拶の仕方を教えるには、まず親がやってみせたほうがいい。

關於教導孩子向人請安問候的方式，最好先由父母親自示範給他們看。

我們家最注重禮儀了，所以讓女兒跟著我學一次向人問候的方法。

為了讓小孩瞭解「請安問候的方式」，要「てみせる」前面的「父母親自示範」來做出實際的動作。

2 子供の嫌いな食べ物は、親がおいしそうに食べてみせるといい。

對於孩子討厭的食物，父母可以故意在孩子的面前吃得很美味給他看。

3 次のテストではきっと 100 点を取ってみせる。

下次考試一定考一百分給你看！

4 あんな奴に負けるものか。必ず勝ってみせる。

我怎麼可能會輸給那種傢伙呢！我一定贏給你看！

5 今度こそ合格してみせる。

我這次絕對會通過測驗讓你看看的！

057 命令形＋と
引用用法

類義表現
命令形
給我…、不要…

接續方法▶｛動詞命令形｝＋と

1【直接引用】前面接動詞命令形、「な」、「てくれ」等，表示引用命令的內容，下面通常會接「怒る（生氣）、叱る（罵）、言う（説）」等和意思表達相關的動詞，如例（1）～（3）。

2【間接引用】除了直接引用説話的內容以外，也表示間接的引用，如例（4）、（5）。

例1「窓口はもっと美人にしろ」と要求された。

有人要求「櫃檯的小姐要挑更漂亮的」。

怎麼會有這麼奇怪的客訴啊？居然要求換個正妹坐櫃檯！把我們公司當什麼了！

「しろ」是「する」的命令形，後面接「と」表示命令的內容。

2 電話がかかってきて、「俺、俺。交通事故起こしちゃったから、300万円送ってくれ」と言われた。

電話打來説：「是我啦，我啦！我出車禍了，快送三百萬過來！」

3「男ならもっとしっかりしろ」と叱られた。

我被罵説「是男人的話就振作點」。

4 次は必ず100点を取れと怒られた。

被罵説下次一定要考一百分。

5 社長に、会社を辞めろと言われた。

總經理對我説了要我辭職。

058 ～ということだ

1.聽說…、據說…；2.…也就是說…、這就是…

類義表現
わけだ
（結論）就是…；（換言）…也就是說…

接續方法▶ {簡體句}＋ということだ

1 **【傳聞】** 表示傳聞，從某特定的人或外界獲取的傳聞。比起「…そうだ」來，有很強的直接引用某特定人物的話之語感，如例（1）～（3）。

2 **【結論】** 明確地表示自己的意見、想法之意，也就是對前面的內容加以解釋，或根據前項得到的某種結論，如例（4）、（5）。

例1 課長は、日帰りで出張に行ってきたということだ。

聽說課長出差，當天就回來。

今天怎麼沒有看到課長呢？原來說是出差去了，而且是當天就回來了。

「ということだ」表示一種傳聞，可能是從同事、電視或親友那裡得到的訊息。記得這時候，不可以省略「という」的。

2 あの二人は離婚したということだ。

聽說那兩個人最後離婚了。

3 今、大人用の塗り絵がはやっているということです。

目前正在流行成年人版本的著色畫冊。

4 ご意見がないということは、皆さん、賛成ということですね。

沒有意見的話，就表示大家都贊成了吧！

5 芸能人に夢中になるなんて、君もまだまだ若いということだ。

竟然會迷戀藝人，表示你還年輕啦！

059 ～というより

與其說…，還不如說…

類義表現
ほど～はない
沒有…比…的了

接續方法▶ {名詞；形容動詞詞幹；[名詞・形容詞・形容動詞・動詞] 普通形} ＋
というより

【比較】表示在相比較的情況下，後項的説法比前項更恰當後項是對前項的修正、補充或否定，比直接、毫不留情加以否定的「～ではなく」，説法還要婉轉。

例1 **彼女は女優というより、モデルという感じですね。**

與其説她是女演員，倒不如説她是模特兒。

這女孩臉蛋很吸引人，身材更是一極棒，看起來像個模特兒。

「というより」表示就某事的表達方式做一個比較，與其説她是前面的「女優」（女演員），倒不如説是後面的「モデル」（模特兒）更妥當。

2 **彼女は、きれいというより可愛いですね。**

與其説她漂亮，其實可愛更為貼切唷。

3 **好きじゃないというより、嫌いなんです。**

與其説不喜歡，不如説討厭。

4 **彼は、経済観念があるというより、けちなんだと思います。**

與其説他有經濟觀念，倒不如説是小氣。

5 **これは絵本だけれど、子供向けというより大人向けだ。**

這雖是一本圖畫書，但與其説是給兒童看的，其實更適合大人閱讀。

～といっても

雖說…，但…、雖說…，也並不是很…

類義表現
にしても
即使…，也…

接續方法 ▶ {名詞；形容動詞詞幹；[名詞・形容詞・形容動詞・動詞] 普通形}
＋といっても

【讓步】表示承認前項的說法，但同時在後項做部分的修正，或限制的內容，說明實際上程度沒有那麼嚴重。後項多是說話者的判斷。

例1 貯金があるといっても、10万円ほどですよ。

雖說有存款，但也只有十萬日圓而已。

後項修正前項，沒有期待中的程度那麼嚴重啦！

「といっても」表示雖然有前項的事「貯金がある」（有存款），但實際上也不是那麼多，就 10 萬日圓而已啦！

2 簡単といっても、さすがに3歳の子には無理ですね。

就算很容易，畢竟才三歲的小孩實在做不來呀！

3 距離は遠いといっても、車で行けばすぐです。

雖說距離遠，但開車馬上就到了。

4 はやっているといっても、若い女性の間だけです。

說是正在流行，其實僅限於年輕女性之間而已。

5 我慢するといっても、限度があります。

雖說要忍耐，但忍耐還是有限度的。

〜とおり（に）

按照…、按照…那樣

類義表現
によって（は）、により
根據…；依照…

接續方法▶｛名詞の；動詞辭書形；動詞た形｝＋とおり（に）

【依據】表示按照前項的方式或要求，進行後項的行為、動作。

例1 医師の言うとおり、薬を飲んでください。

請按照醫生的指示吃藥。

> 要怎麼吃藥呢？

> 用「とおり」表示按照前項的要求「医師の言う」（醫生指示），來做後面的動作「薬を飲む」（吃藥）。

---

2 説明書の通りに、本棚を組み立てた。

按照説明書的指示把書櫃組合起來了。

3 先生に習ったとおり、送り仮名を付けた。

按照老師所教，寫送假名。

4 言われたとおりに、規律を守ってください。

請按照所説的那樣，遵守紀律。

5 勉強は好きではないが、両親の言う通り大学に行った。

雖然不喜歡讀書，還是依照父母的意願上了大學。

～どおり（に）

按照、正如…那樣、像…那樣

類義表現
まま（で）
保持原樣

接續方法▶{名詞}＋どおり（に）

【**依據**】「どおり」是接尾詞。表示按照前項的方式或要求，進行後項的行為、動作。

例1 荷物を、指示どおりに運搬した。

行李依照指示搬運。

這些文件是很重要的喔！

用「どおり」表示按照前項的要求「指示」（指示），來做後面的動作「運搬する」（搬運）。

2 話は予想どおりに展開した。

事情就有如預料般地進展了下去。

3「万一」とは、文字通りには「一万のうち一つ」ということで、「めったにないこと」を表す言葉です。

所謂的「萬一」，字面的意思就是「一萬分之一」，也就是用來表示「罕見的事」的語詞。

4 進み具合は、ほぼ計画どおりだ。

進度幾乎都依照計畫進行。

5 人生は、思い通りにならないことがいろいろ起こるものだ。

人生當中會發生許許多多無法順心如意的事。

～とか

好像…、聽説…

類義表現
って
聽説…

接續方法▶{名詞；形容動詞詞幹；[名詞・形容詞・形容動詞・動詞]普通形}＋とか

【傳聞】用在句尾，接在名詞或引用句後，表示不確切的傳聞，引用信息。比表示傳聞的「～そうだ、～ということだ」更加不確定，或是迴避明確説出，一般用在由於對消息沒有太大的把握，因此採用模稜兩可，含混的説法。相當於「～と聞いている」。

例1 当時はまだ新幹線がなかったとか。

聽説當時還沒有新幹線。

> 「とか」前面接的是引用別人説的句子或是名詞。

> 把聽到的事情傳達給別人，就用「とか」這個句型。由於是聽來的，不是自己實際調查的，所以對那個事情並沒有十分的把握。

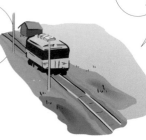

2 昔、この辺は海だったとか。

據説這一帶從前是大海。

3 彼らは、みんな仲良しだったとか。

聽説他們感情很好。

4 昨日はこの冬一番の寒さだったとか。

聽説昨天是今年冬天最冷的一天。

5 お嬢さん、京大に合格なさったとか。おめでとうございます。

聽説令千金考上京都大學了？恭喜恭喜！

grammar
064

〜ところだった

1.（差一點兒）就要…了、險些…了；2. 差一點就…可是…

類義表現

ところだ

剛要…、正要…

接續方法▶{動詞辭書形}＋ところだった

1【結果】 表示差一點就造成某種後果，或達到某種程度，含有慶幸沒有造成那一後果的語氣，是對已發生的事情的回憶或回想，如例（1）～（3）。

2〔懊悔〕「～ところだったのに」表示差一點就可以達到某程度，可是沒能達到，而感到懊悔，如例（4）、（5）。

例1 もう少しで車にはねられるところだった。

差點就被車子撞到了。

我的天啊！心肝寶貝！

用「ところだった」表示差一點就造成「被車子撞到了」這一後果，但還好沒事。

---

2 あっ、そうだ、忘れるところだった。明日、3時に向井さんが来るよ。

啊，對了，差點忘了！明天三點向井小姐會來喔。

3 もしあと5分遅かったら、大きな事故になるところでした。

若是再晚個五分鐘，就會發生嚴重的事故了。

4 もう少しで二人きりになれるところだったのに、彼女が台無しにしたのよ。

原本就快要剩下我們兩人獨處了，結果卻被她壞了好事啦！

5 もう少しで優勝するところだったのに、最後の最後に1点差で負けてしまった。

本來就快要獲勝了呀，就在最後的緊要關頭以一分飲恨敗北。

grammar 065

〜ところに

…的時候、正在…時

類義表現
さいちゅうに
正在…

接續方法▶ {名詞の；形容詞辭書形；動詞て形＋ている；動詞た形}＋ところに

【時點】表示行為主體正在做某事的時候，發生了其他的事情。大多用在妨礙行為主體的進展的情況，有時也用在情況往好的方向變化的時候。相當於「ちょうど〜しているときに」。

例1 出かけようとしたところに、電話が鳴った。

正要出門時，電話鈴就響了。

> 「ところに」表示女孩正要「出かけようとした」（準備出門）的時候，發生了「電話が鳴った」的事情。

> 這妨礙了女孩正準備要出門的動作。

---

2 家の電話で話し中のところに、携帯電話もかかってきた。

就在以家用電話通話時，手機也響了。

3 ただでさえ忙しいところに、急な用事を頼まれてしまった。

已經忙得團團轉了，竟然還有急事插進來。

4 困っているところに先生がいらっしゃって、無事解決できました。

正在煩惱的時候，老師一來事情就解決了。

5 口紅を塗っているところに子供が飛びついてきて、はみ出してしまった。

正在畫口紅時，小孩突然跑過來，口紅就畫歪了。

grammar 066

〜ところへ

…的時候、正當…時，突然…、正要…時，(…出現了)

類義表現

とたんに

剛一…，立刻…、
剎那就…

接續方法▶ {名詞の；形容詞辭書形；動詞て形＋ている；動詞た形}＋ところへ

【時點】表示行為主體正在做某事的時候，偶然發生了另一件事，並對行為主體產生某種影響。下文多是移動動詞。相當於「ちょうど〜しているときに」。

例1 植木の世話をしているところへ、友達が遊びに来ました。

正要整理花草時，朋友就來了。

庭院的植物們失去了原有的水嫩模樣，看來需要澆一下水了。正當我在澆花時，朋友就來了。

「ところへ」表示，女孩本來正在澆花，被朋友突然來了這一件事，而影響了女孩澆花的動作。

---

2 会議の準備で資料作成中のところへ、データが間違っていたという知らせが来た。

正忙著準備會議資料的時候，接到了數據有誤的通知。

3 洗濯物を干しているところへ、犬が飛び込んできた。

正在曬衣服時，小狗突然闖了進來。

4 宿題をやっているところへ、弟がじゃましに来た。

正在做功課的時候，弟弟來搗蛋了。

5 食事の支度をしているところへ、薫姉さんが来た。

當我正在做飯時，薰姊姊恰巧來了。

grammar
067

～ところを

正…時、…之時、正當…時…

類義表現

さい（は）、さいに（は）
…的時候、在…時、當…之際

接續方法▶ {名詞の；形容動詞詞幹な；[形容詞・動詞]普通形}＋ところを

【時點】表示正當A的時候，發生了B的狀況。後項的B所發生的事，是對前項A的狀況有直接的影響或作用的行為。含有說話人擔心給對方添麻煩或造成對方負擔的顧慮。相當於「ちょうど～しているときに」。

例1 煙草を吸っているところを母に見つかった。

抽煙時，被母親撞見了。

「ところを」伴隨著前後的動詞，表示正當在「煙草を吸っている」（抽煙）的時候，發生了「母に見つかった」（被母親抓到）的狀況。

後面的動作直接影響前面的行為，也就是被媽媽抓到，而沒辦法繼續抽煙這個動作。

2 お取り込み中のところを、失礼致します。

不好意思，在您百忙之中前來打擾。

3 係りの人が忙しいところを呼び止めて質問した。

職員正在忙的時候，我叫住他問題。

4 警察官は泥棒が家を出たところを捕まえた。

小偷正要逃出門時，被警察逮個正著。

5 クラスメートをいじめているところを先生に見つかった。

正在霸凌同學的時候被老師發現了。

〜として、としては

以…身份、作為…；如果是…的話、對…來說

類義表現

にしても
即時…，也…

接續方法▶ {名詞}＋として、としては

【立場】「として」接在名詞後面，表示身份、地位、資格、立場、種類、名目、作用等。有格助詞作用。

例1 専門家として、一言意見を述べたいと思います。

我想以專家的身份，說一下我的意見。

關於近代的經濟變遷，身為研究經濟學數十年的我，想發表一下我的個人意見。

「として」表示，以身為一個「専門家」（專家），進行後面的動作。

2 責任者として、状況を説明してください。

請以負責人的身份，說明一下狀況。

3 本の著者として、内容について話してください。

請以本書作者的身份，談一下本書的內容。

4 趣味として、書道を続けています。

作為興趣，我持續地寫書法。

5 今の彼は、恋人としては満足だけれど、結婚相手としては収入が足りない。

現在的男友以情人來說雖然無可挑剔，但若要當成結婚的對象，他的收入卻不夠。

～としても

即使…，也…、就算…，也…

類義表現

といっても
雖說…，但…

接續方法▶{名詞だ；形容動詞詞幹だ；[形容詞・動詞]普通形}＋としても

【逆接條件】表示假設前項是事實或成立，後項也不會起有效的作用，或者後項的結果，與前項的預期相反。後項大多為否定、消極的內容。一般用在說話人的主張跟意見上。相當於「その場合でも」。

例1 みんなで力を合わせたとしても、彼に勝つことはできない。

就算大家聯手，也沒辦法贏他。

團結應該是力量大的啊！但是…。

「としても」表示，即使在前項「みんなで力を合わせた」（大家團結一起）的情況下，後項也沒有效果。

2 これが本物の宝石だとしても、私は買いません。

即使這是真的寶石，我也不會買的。

3 その子がどんなに賢いとしても、この問題は解けないだろう。

即使那孩子再怎麼聰明，也沒有辦法解開這個問題吧！

4 体が丈夫だとしても、インフルエンザには注意しなければならない。

就算身體硬朗，也應該要提防流行性感冒。

5 タクシーで行ったとしても間に合わないだろう。

就算搭計程車去也來不及吧。

grammar 070

〜とすれば、としたら、とする

如果…、如果…的話、假如…的話

類義表現
たら
要是…；如果要是… 了、…了的話

接續方法▶ {名詞だ；形容動詞詞幹だ；[形容詞・動詞] 普通形} ＋とすれば、としたら、とする

【假定條件】 在認清現況或得來的信息的前提條件下，據此條件進行判斷，後項大多為推測、判斷或疑問的內容。一般為主觀性的評價或判斷。相當於「〜と仮定したら」。

例1 資格を取るとしたら、看護師の免許をとりたい。

要拿執照的話，我想拿看護執照。

以後資格考試越來越重要了。

雖然不知道能否實現，但如果能實現的話，就想做後面的動作「看護師の免許をとりたい」（想拿看護執照）。

---

2 彼が犯人だとすれば、動機は何だろう。

假如他是凶手的話，那麼動機是什麼呢？

3 川田大学でも難しいとしたら、山本大学なんて当然無理だ。

既然川田大學都不太有機會考上了，那麼山本大學當然更不可能了。

4 無人島に一つだけ何か持っていけるとする。何を持っていくか。

假設你只能帶一件物品去無人島，你會帶什麼東西呢？

5 5億円が当たったとします。あなたはどうしますか。

假如你中了五億日圓，你會怎麼花？

〜とともに

1. 與…同時，也…；2. 隨著…；3. 和…一起

類義表現

にともなって
伴隨著…、隨著…

接續方法▶ {名詞；動詞辭書形} ＋とともに

1【同時】表示後項的動作或變化，跟著前項同時進行或發生，相當於「〜と一緒に、〜と同時に」，如例（1）、（2）。

2【相關關係】表示後項變化隨著前項一同變化，如例（3）。

3【並列】表示與某人等一起進行某行為，相當於「〜と一緒に」，如例（4）、（5）。

例1 雷の音とともに、大粒の雨が降ってきた。

隨著打雷聲，落下了豆大的雨滴。

聽到轟隆隆的雷聲而抬起頭，豆大的雨滴就同時滴落在我臉上。

這裡用「とともに」（與…同時）表示打雷聲跟下雨是同時發生的。

2 文法を学ぶとともに、単語も覚える。

一邊學習文法，一邊也背誦單詞。

3 電子メールの普及とともに、手紙を書く人は減ってきました。

隨著電子郵件的普及，寫信的人愈來愈少了。

4 バレンタインデーは彼女とともに過ごしたい。

情人節那天我想和女朋友一起度過。

5 私たち人間も、自然と共に生きるしかない。

我們人類只能與大自然共生共存。

grammar 072

～ないこともない、ないことはない

1. 並不是不…、不是不…；2. 應該不會不…

接續方法 ▶ {動詞否定形} ＋ないこともない、ないことはない

1【消極肯定】 使用雙重否定，表示雖然不是全面肯定，但也有那樣的可能性，是種有所保留的消極肯定說法，相當於「～することはする」，如例（1）～（4）。

2【推測】 後接表示確認的語氣時，為「應該不會不…」之意，如例（5）。

例1 彼女は病気がちだが、出かけられないこともない。

她雖然多病，但並不是不能出門的。

這不是全面的答應，是一種消極肯定的說法。

「ないこともない」是雙重否定，負負得正，表示雖然她體弱多病，但也有讓她「出かける」（出門）的可能性。

---

2 理由があるなら、外出を許可しないこともない。

如果有理由，並不是不允許外出的。

---

3 ぜひにと言われたら、行かないこともない。

假如懇求我務必撥冗，倒也不是不能去一趟。

---

4 ちょっと急がないといけないが、あと1時間でできないことはない。

假如非得稍微趕一下，倒也不是不能在一個小時之內做出來。

---

5 中学で習うことですよ。知らないことはないでしょう。

在國中時學過了呀？總不至於不曉得吧？

～ないと、なくちゃ

不…不行

類義表現
なければならない
必須…、應該

接續方法 ▶ {動詞否定形} ＋ないと、なくちゃ

1 【條件】表示受限於某個條件、規定，必須要做某件事情，如果不做，會有不好的結果發生，如例（1）～（3）。

2 〖口語〗「なくちゃ」是口語説法，語氣較為隨便，例（4）、（5）。

例1 雪が降ってるから、早く帰らないと。
下雪了，不早點回家不行。

才想著天氣怎麼這麼冷，就飄雪了。當然啦，下雪路滑很危險，得趕快回家了！

用「ないと」表示，由於受到前項下雪的影響，不快一點回家的話，就會有糟糕的結局。

2 アイスが溶けちゃうから、早く食べないと。
冰要溶化了，不趕快吃不行。

3 あさってまでに、これやらないと。
在後天之前非得完成這個不可。

4 （テレビ番組表を見ながら）あ、9時から面白そうな映画やる。見なくちゃ。
（一面看節目表）啊，九點開始要播一部似乎挺有趣的電影，非看不可！

5 明日朝5時出発だから、もう寝なくちゃ。
明天早上五點要出發，所以不趕快睡不行。

grammar 074

〜ないわけにはいかない

不能不…、必須…

接續方法 ▶ {動詞否定形}＋ないわけにはいかない

【義務】表示根據社會的理念、情理、一般常識或自己過去的經驗，不能不做某事，有做某事的義務。

例1 明日、試験があるので、今夜は勉強しないわけにはいかない。

由於明天要考試，今晚不得不用功念書。

明天要考試啦！臨陣磨槍，不亮也光！

「ないわけにはいかない」表示根據客觀的情況「明天有考試」，而今晚必須進行「用功念書」這一事情。

2 どんなに嫌でも、税金を納めないわけにはいかない。

任憑百般不願，也非得繳納稅金不可。

3 弟の結婚式だから、出席しないわけにはいかない。

畢竟是弟弟的婚禮，總不能不出席。

4 仕事なんだから、苦手な人でも会わないわけにはいかない。

畢竟是工作，就算是不知該如何應對的人，也不得不會面。

5 放っておくと命にかかわるから、手術をしないわけにはいかない。

置之不理會有生命危險，所以非得動手術不可。

～など

怎麼會…、才（不）…；竟是…

接續方法▶ {名詞（＋格助詞）；動詞て形；形容詞く形}＋など

1【輕視】表示加強否定的語氣。通過「など」對提示的事物，表示不值得一提、無聊、不屑等輕視的心情。口語是的說法是「なんて」。如例（1）～（5）。

2〔意外〕也表示意外、懷疑的心情，語含難以想像、荒唐之意。例如：「これが離婚のきっかけになるなんて考えてもみなかった／這竟是造成離婚的原因，真的連想都沒想到。」

例1 あいつが言うことなど、信じるもんか。

我才不相信那傢伙說的話呢！

在加強否定的同時，透過「など」，對提示的東西「あいつが言うこと」（那傢伙說的話），表示不可信任、輕視、不值一提的心情。

她老愛搬弄是非，這樣的人說的話，我才不相信呢！

2 私の気持ちが、君などに分かるものか。

你哪能了解我的感受！

3 宝くじなど、当たるわけがない。

彩券那種東西根本不可能中獎。

4 面白くなどないですが、課題だから読んでいるんです。

我不覺得有趣，只是因為那是功課，所以不得不讀而已！

5 別に、怒ってなどいませんよ。

我並沒有生氣呀。

～などと（なんて）いう、などと（なんて）おもう

1. 多麼…呀；2. …之類的…

類義表現
なんか
真是太…；…之類的

接續方法 ▶ {[名詞・形容詞・形容動詞・動詞] 普通形}＋などと（なんて）言う、などと（なんて）思う

1 **【驚訝】** 表示前面的事，好得讓人感到驚訝，對預料之外的情況表示吃驚。含有讚嘆的語氣，如例（1）。

2 **【輕視】** 表示輕視、鄙視的語氣，如例（2）～（5）。

例1 **こんな日が来るなんて、夢にも思わなかった。**

真的連做夢都沒有想到過，竟然會有這一天的到來。

> 天啊！我竟然成為皇室的王妃。

> 「なんて」表示用讚嘆的語氣把「竟然有這一天」作為主題，提出來。

---

2 **やらないなんて言ってないよ。**

我又沒説不做啊。

3 **ばかだなんて言ってない、もっとよく考えた方がいいと言ってるだけだ。**

我沒罵你是笨蛋，只是説最好再想清楚一點比較好而已。

4 **あの人は授業を受けるだけで資格が取れるなどと言って、強引に勧誘した。**

那個人説了只要上課就能取得資格之類的話，以強硬的手法拉人招生。

5 **息子は、自分の家を親に買ってもらおうなどと思っている。**

兒子盤算著要爸媽幫自己買個房子。

～なんか、なんて

1.…之類的；2.…什麼的；3.連…都不…

1 **【舉例】**{名詞}＋なんか。表示從各種事物中例舉其一，語氣緩和，是一種避免斷言、委婉的説法。是比「など」還隨便的説法，如例（1）、（2）。

2 **【輕視】**{[名詞・形容詞・形容動詞・動詞] 普通形}＋なんて。表示對所提到的事物，帶有輕視的態度，如例（3）、（4）。

3 **【強調否定】**用「なんか～ない」的形式，表示「連…都不…」之意，表示對所舉的事物進行否定。有輕視、謙虛或意外的語氣。如例（5）。

例1 庭に、芝生なんかあるといいですね。

如果庭院有個草坪之類的東西就好了。

> 屋前有庭院真好！如果再鋪上草坪就更完美了！

> 「なんか」在這裡表示，從適合放在庭院的花啦！池塘啦！草坪！等各種事物中舉出一個「芝生」（草坪）。

2 データなんかは揃っているのですが、原稿にまとめる時間がありません。

雖然資料之類的全都蒐集到了，但沒時間彙整成一篇稿子。

3 アイドルに騒ぐなんて、全然理解できません。

看大家瘋迷偶像的舉動，我完全無法理解。

4 いい年して、嫌いだからって無視するなんて、子供みたいですね。

都已經是這麼大歲數的人了，只因為不喜歡就當做視而不見，實在太孩子氣了耶！

5 ラテン語なんか、興味ない。

拉丁語那種的我沒興趣。

文法升級挑戰篇

來挑戰看看稍難的文法吧！做好萬全準備！邁向巔峰！

- {名詞；形容動詞詞幹な；[形容詞・動詞] 普通形} ＋だけに

    役者としての経験が長いだけに、演技がとてもうまい。

    正因為有長期的演員經驗，所以演技真棒！

    說明 表示原因。表示正因為前項，理所當然地才有比一般程度更甚的後項的狀況。
    意思是：「到底是…」、「正因為…，所以更加…」、「由於…，所以特別…」。

- {名詞；形容動詞詞幹な；[形容詞・動詞] 普通形} ＋だけのこと（は、が）
  ある

    あの子は、習字を習っているだけのことはあって、字がうまい。

    那孩子到底沒白學書法，字真漂亮。

    說明 與其做的努力、所處的地位、所經歷的事情等名實相符。意思是：「不愧…」、
    「難怪…」。

- {動詞辭書形} ＋だけ＋ {同一動詞}

    彼は文句を言うだけ言って、何にもしない。

    他光是發牢騷，什麼都不做。

    說明 表示在某一範圍內的最大限度。意思是：「能…就…」、「盡可能地…」。

- {動詞た形} ＋たところが

    彼の為に言ったところが、かえって恨まれてしまった。

    為了他好才這麼說的，誰知卻被他記恨。

    說明 表示因某種目的做了某一動作，但結果與期待或想像相反之意。意思是：「可
    是…」、「然而…」。

- {動詞ます形} ＋っこない

    こんな長い文章は、すぐには暗記できっこないです。

    這麼長的文章，根本沒辦法馬上背起來呀！

    說明 表示強烈否定某事發生的可能性。意思是：「不可能…」、「決不…」。

● ｛動詞ます形｝＋つつ、つつも

> 彼は酒を飲みつつ、月を眺めていた。
> 他一邊喝酒，一邊賞月。

說明 「つつ」是表示同一主體，在進行某一動作的同時，也進行另一個動作。意思是：「一邊…一邊…」；跟「も」連在一起，表示連接兩個相反的事物。意思是：「儘管…」、「雖然…」。

● ｛動詞ます形｝＋つつある

> 経済は、回復しつつあります。
> 經濟正在復甦中。

說明 表示某一動作或作用正向著某一方向持續發展。意思是：「正在…」。

● ｛形容詞く形；動詞て形｝＋てしょうがない；｛形容動詞詞幹｝＋でしょうがない

> 彼女のことが好きで好きでしょうがない。
> 我喜歡她，喜歡到不行。

說明 表示心情或身體，處於難以抑制，不能忍受的狀態。意思是：「…得不得了」、「非常…」、「…得沒辦法」。

● ｛名詞｝＋といえば、といったら

> 京都の名所といえば、金閣寺と銀閣寺でしょう。
> 提到京都名勝，那就非金閣寺跟銀閣寺莫屬了！

說明 用在承接某個話題，從這個話題引起自己的聯想，或對這個話題進行說明。意思是：「談到…」、「提到…就…」、「說起…」，或不翻譯。

● ｛名詞｝＋というと

> パリというと、香水の匂いを思い出す。
> 説到巴黎，就想起香水的味道。

說明 用在承接某個話題，從這個話題引起自己的聯想，或對這個話題進行說明。意思是：「提到…」、「要說…」、「說到…」。

● {名詞；形容動詞詞幹；動詞辭書形} ＋というものだ

この事故で助かるとは、幸運というものだ。

能在這事故裡得救，算是幸運的了。

說明 表示對事物做一種結論性的判斷。意思是：「也就是…」、「就是…」。

● {[名詞・形容詞・形容動詞・動詞] 假定形} …{[名詞・形容動詞詞幹] (だ)；形容詞辭書形} ＋というものではない、というものでもない

結婚しさえすれば、幸せだというものではないでしょう。

結婚並不代表獲得幸福吧！

說明 表示對某想法或主張，不能說是非常恰當，不完全贊成。意思是：「…可不是…」、「並不是…」、「並非…」。

● {動詞た形} ＋ (か) とおもうと、とおもったら；{名詞の；動詞普通形；引用文句} ＋ (か) とおもいきや

太郎は勉強していると思ったら、漫画を読んでいる。

原以為太郎在看書，誰知道是在看漫畫。

說明 本來預料會有某種情況，結果有：一種是出乎意外地出現了相反的結果。意思是：「原以為 …，誰知是…」；一種是結果與本來預料的一致。意思是：「覺得是…，結果果然…」。

● {名詞；形容動詞詞幹な；[形容詞・動詞] 普通形} ＋どころか

お金が足りないどころか、財布は空っぽだよ。

哪裡是不夠錢，錢包裡就連一毛錢也沒有。

說明 表示從根本上推翻前項，並且在後項提出跟前項程度相差很遠，或內容相反的事實。意思是：「哪裡還…」、「非但…」、「簡直…」。

● {名詞；動詞辭書形} ＋どころではない、どころではなく

先々週は風邪を引いて、勉強どころではなかった。

上上星期感冒了，哪裡還能唸書啊！

說明 表示遠遠達不到某種程度，或大大超出某種程度。意思是：「哪有…」、「不是…的時候」、「哪裡還…」。

● {動詞否定形} ＋ないうちに

雨が降らないうちに、帰りましょう。

趁還沒有下雨，回家吧！

說明 表示在還沒有產生前面的環境、狀態的變化的情況下，先做後面的動作。意思是：「在未…之前，…」、「趁沒…」。

● {動詞否定形} ＋ないかぎり

犯人が逮捕されないかぎり、私たちは安心できない。

只要沒有逮捕到犯人，我們就無法安心。

說明 表示只要某狀態不發生變化，結果就不會有變化。意思是：「除非…，否則就…」、「只要不…，就…」。

● {動詞否定形} ＋ないことには

保護しないことには、この動物は絶滅してしまいます。

如果不加以保護，這種動物將會瀕臨絕種。

說明 表示如果不實現前項，也就不能實現後項。意思是：「要是不…」、「如果不…的話，就…」。

● {動詞否定形} ＋ないではいられない

紅葉がとてもきれいで、歓声を上げないではいられなかった。

楓葉真是太美了，不禁歡呼了起來。

說明 表示意志力無法控制，自然而然地內心衝動想做某事。意思是：「不能不…」、「忍不住要…」、「不禁要…」、「不…不行」、「不由自主地…」。

● ｛名詞・形容動詞詞幹；形容詞辭書形；動詞ます形｝ ＋ながら

> この服は地味ながら、とてもセンスがいい。
>
> 雖然這件衣服很樸素，不過卻很有品味。

說明 連接兩個矛盾的事物。表示後項與前項所預想的不同。意思是：「雖然…，但是…」、「儘管…」、「明明…卻…」。

● ｛名詞；動詞辭書形｝ ＋にあたって、にあたり

> このおめでたい時にあたって、一言お祝いを言いたい。
>
> 在這可喜可賀的時刻，我想說幾句祝福的話。

說明 表示某一行動，已經到了事情重要的階段。意思是：「在…的時候」、「當…之時」、「當…之際」。

MEMO

grammar 078

〜において、においては、においても、における

在…、在…時候、在…方面

類義表現

にかんして
關於…、關於…的…

接續方法 ▶ {名詞} ＋において、においては、においても、における

【場面・場合】表示動作或作用（主要為特別的活動或抽象的事物）的時間、地點、範圍、狀況等。是書面語。口語一般用「で」表示。

例1 我が社においては、有能な社員はどんどん昇進します。

在本公司，有才能的職員都會順利升遷的。

「において」表示「有能な社員はどんどん出世します」是在絕對重視實力主義的「わが社」這樣的背景下。

相當於助詞「で」，但說法更為鄭重！

2 聴解試験はこの教室において行われます。

聽力考試在這間教室進行。

3 研究過程において、いくつかの点に気が付きました。

於研究過程中，發現了幾項要點。

4 職場においても、家庭においても、完全に男女平等の国はありますか。

不論是在職場上或在家庭裡，有哪個國家已經達到男女完全平等的嗎？

5 私は、資金においても彼を支えようと思う。

我想在資金上也支援他。

079 ～にかわって、にかわり

1. 替…、代替…、代表…；2. 取代…

類義表現
いっぽう
而（另一面）

接續方法▶ {名詞} ＋にかわって、にかわり

1 【代理】前接名詞為「人」的時候，表示應該由某人做的事，改由其他的人來做。是前後兩項的替代關係。相當於「～の代理で」。如例（1）～（4）。

2 【對比】前接名詞為「物」的時候，表示以前的東西，被新的東西所取代。相當於「かつての～ではなく」。如例（5）。

例1 社長にかわって、副社長が挨拶をした。
副社長代表社長致詞。

嗯？社長呢？喔～原來是因為社長今天不方便出席，所以由副社長來代為致詞。

表示前後兩項的替代關係。「にかわって」表示代表應由前項的「社長」（社長）做的「挨拶をした」（致詞）。

2 親族一同にかわって、ご挨拶申し上げます。
僅代表全體家屬，向您致上問候之意。

3 鎌倉時代、貴族にかわって武士が政治を行うようになった。
鎌倉時代由武士取代了貴族的施政功能。

4 首相にかわり、外相がアメリカを訪問した。
外交部長代替首相訪問美國。

5 今では、そろばんにかわってコンピューターが計算に使われている。
如今電腦已經取代算盤的計算功能。

grammar 080

～にかんして（は）、 にかんしても、にかんする

關於…、關於…的…

類義表現
について 關於…

接續方法 ▶ {名詞}＋に関して（は）、に関しても、に関する

【**關連**】表示就前項有關的問題，做出「解決問題」性質的後項行為。也就是聽、説、寫、思考、調查等行為所涉及的對象。有關後項多用「言う（説）、考える（思考）、研究する（研究）、討論する（討論）」等動詞。多用於書面。

例1 フランスの絵画に関して、研究しようと思います。

我想研究法國繪畫。

藝術殿堂法國，即使是手牽手的情侶、搶眼的街頭藝人、特色的店家門前裝飾、親子的互動、吆喝的攤販，都可以成為一幅畫，我一定要去好好研究法國畫。

「に関して」表示，就前項的「フランスの絵画」（法國畫），來做出後項「研究しようと思います」（想進行研究）的行為。

---

2 日本語の学習に関して、先輩からアドバイスをもらった。

學長給了我關於學習日文的建議。

3 近藤さんは、アニメに関しては詳しいです。

近藤先生對動漫知之甚詳。

4 最近、何に関しても興味がわきません。

最近，無論做什麼事都提不起勁。

5 経済に関する本をたくさん読んでいます。

看了很多關於經濟的書。

grammar 081 ～にきまっている

肯定是…、一定是…

類義表現
わけがない
不會…、不可能…

接續方法▶ {名詞；[形容詞・動詞] 普通形} ＋に決まっている

1 【自信推測】表示説話人根據事物的規律，覺得一定是這樣，不會例外，沒有模稜兩可，是種充滿自信的推測，語氣比「きっと～だ」還要有自信，如例（1）～（3）。

2 〔斷定〕表示説話人根據社會常識，認為理所當然的事，如例（4）、（5）。

例1 今ごろ東北は、紅葉が美しいに決まっている。

現在東北的楓葉一定很漂亮的。

日本東北一到秋天，真的很美喔！

「に決まっている」表示説話人根據，東北在秋天滿山遍野都是美麗的楓葉這一事物的規律，很有自信的來推測。

2 「きゃ～、おばけ～。」「おばけのわけない。風の音に決まってるだろう。」

「媽呀～有鬼～！」「怎麼可能有鬼，一定是風聲啦！」

3 石上さんなら、できるに決まっている。

如果是石上小姐的話，絕對辦得到。

4 こんな時間に電話をかけたら、迷惑に決まっている。

要是在這麼晚的時間撥電話過去，想必會打擾對方的作息。

5 みんな一緒のほうが、安心に決まっています。

大家在一起，肯定是比較安心的。

grammar 082 ～にくらべて、にくらべ

與…相比、跟…比較起來、比較…

接續方法▶ {名詞}＋に比べて、に比べ

【基準】表示比較、對照兩個事物，以後項為基準，指出前項的程度如何的不同。也可以用「にくらべると」的形式如例（4）。相當於「～に比較して」。

例1 今年は去年に比べて雨の量が多い。

今年比去年雨量豐沛。

> 受全球暖化的影響，這幾年梅雨有雨量加大、頻率下降的趨勢。也因此，今年雨量異常豐沛！

> 「に比べて」表示比較。比較的基準是接在前面的「去年」（去年）。這裡比較「雨量」的結果，「今年」是比較「多い」（多的）。

---

2 平野に比べて、盆地の夏は暑いです。

跟平原比起來，盆地的夏天熱多了。

---

3 日本語は、中国語に比べて、ふだん使う漢字の数が少ない。

相較於中文，日文使用的漢字數目可能比較少。

---

4 昔に比べると、日本人の米の消費量は減っている。

相較於過去，日本人的食米消費量日趨減少。

---

5 事件前に比べ、警備が強化された。

跟事件發生前比起來，警備更森嚴了。

083
grammar

〜にくわえて、にくわえ

而且…、加上…、添加…

<table>
<tr><td>類義表現</td></tr>
<tr><td>はもちろん</td></tr>
<tr><td>不僅…而且…、…不用說、
…自不待說、…也…</td></tr>
</table>

接續方法▶{名詞}＋に加えて、に加え

【附加】表示在現有前項的事物上，再加上後項類似的別的事物。有時是補充某種性質，有時是強調某種狀態和性質。後項常接「も」。相當於「〜だけでなく〜も」。

例1 書道に加えて、華道も習っている。

學習書法以外，也學習插花。

「に加えて」表示學習的項目到這裡還沒有結束，除了前項的「書道」（書法）之外，再加上後項類似的才藝「華道」（插花）。

在生活緊張的現在，多學一些藝術可以舒緩一些壓力喔！

2 能力に加えて、人柄も重視されます。

重視能力以外，也重視人品。

3 太っているのに加えて髪も薄い。

不但體重肥胖而且髮量也稀疏。

4 彼は、実力があるのに加えて努力家でもある。

他不僅有實力，而且也很努力。

5 電気代に加え、ガス代までもが値上がりした。

電費之外，就連瓦斯費也上漲了。

grammar 084

〜にしたがって、にしたがい

1. 伴隨…、隨著…；2. 按照…

類義表現
とともに
隨著…；和…一起

接續方法▶{動詞辭書形}＋にしたがって、にしたがい

1 【附帶】表示隨著前項的動作或作用的變化，後項也跟著發生相應的變化。「にしたがって」前後都使用表示變化的説法。有強調因果關係的特徵。相當於「〜につれて、〜にともなって、〜に応じて、〜とともに」等。如例（1）〜（5）。

2 【基準】也表示按照某規則、指示或命令去做的意思。如「例にしたがって、書いてください／請按照範例書寫。」

例1 おみこしが近づくにしたがって、賑やかになってきた。

隨著神轎的接近，變得熱鬧起來了。

到日本玩，沒有去體驗一下當地慶典盛事的感動，就真的太太太可惜了！

「にしたがって」（隨著…）表示隨著前項動作的進展，後項也跟著發生了變化。

---

2 山を登るにしたがって、寒くなってきた。

隨著山愈爬愈高，變得愈來愈冷。

3 薬品を加熱するにしたがって、色が変わってきた。

隨著溫度的提升，藥品的顏色也起了變化。

4 出産予定日が近づくにしたがって、お腹が大きくなってきた。

隨著預產期愈來愈近，肚子變得愈來愈大。

5 国が豊かになるにしたがい、国民の教育水準も上がりました。

伴隨著國家的富足，國民的教育水準也跟著提升了。

～にしては

照…來說…、就…而言算是…、從…這一點
來說，算是…的、作為…，相對來說…

類義表現

をちゅうしんに
以…為中心

接續方法▶{名詞；形容動詞詞幹；動詞普通形}＋にしては

【與預料不同】表示現實的情況，跟前項提的標準相差很大，後項結果跟前項預想的相反或出入很大。含有疑問、諷刺、責難、讚賞的語氣。相當於「～割には」。

例1 この字は、子供が書いたにしては上手です。

這字出自孩子之手，算是不錯的。

日本書法的字形架構非常重視個人特色，以小孩來説，這字寫的真不錯。

「にしては」（就…而言算是），表示就前項是小孩寫的而言，寫出來的書法是「上手だ」（很好），後面接的是跟預料的有很大差異的事情。

2 社長の代理にしては、頼りない人ですね。

做為代理社長來講，他不怎麼可靠呢。

3 彼は、プロ野球選手にしては小柄だ。

就棒球選手而言，他算是個子矮小的。

4 あの人は、英文科を出たにしては、英語ができない。

以英文系畢業生來説，那個人根本不會英文。

5 植村さんがやったにしては、雑ですね。

以植村先生完成的結果而言，未免太草率了吧。

grammar
086

〜にしても

就算…，也…、即使…，也…

類義表現
としても
即使…，也…、就算…，也…

接續方法▶ {名詞；[形容詞・動詞] 普通形} ＋にしても

【讓步】表示讓步關係，退一步承認前項條件，並在後項中敘述跟前項矛盾的內容。前接人物名詞的時候，表示站在別人的立場推測別人的想法。相當於「〜も、〜としても」。

例1 テストの直前にしても、全然休まないのは体に悪いと思います。

就算是考試當前，完全不休息對身體是不好的。

學習只要掌握要領，就可以事半功倍喔！

「にしても」（就算…，也…）表示即使承認前項的事態，後項所說的仍跟前項相互矛盾。

---

2 佐々木さんにしても悪気はなかったんですから、許してあげたらどうですか。

其實佐佐木小姐也沒有惡意，不如原諒她吧？

---

3 見かけは悪いにしても、食べれば味は同じですよ。

儘管外觀不佳，但嚐起來同樣好吃喔。

---

4 お互い立場は違うにしても、助け合うことはできます。

即使立場不同，也能互相幫忙。

---

5 来られないにしても、電話1本くらいちょうだいよ。

就算不來，至少也得打通電話講一下吧。

～にたいして（は）、にたいし、にたいする

1. 向…、對（於）…；2. 和…相比

類義表現

はんめん
另一方面…

接續方法▶｛名詞｝＋に対して（は）、に対し、に対する

1 **【對象】**表示動作、感情施予的對象，接在人、話題或主題等詞後面，表明對某對象產生直接作用。後接名詞時以「にたいするＮ」的形式表現。有時候可以置換成「に」，如例（1）～（4）。

2 **【對比】**用於表示對立，指出相較於某個事態，有另一種不同的情況，也就是對比某一事物的兩種對立的情況。如例（5）。

例1 この問題に対して、意見を述べてください。

請針對這問題提出意見。

自我表現的能力很重要，要多訓練喔！

「に対して」（對於…）前接動作施予的對象「この問題」（這個問題），根據這對象要做「意見を述べてください」（説出意見來）這一動作。

---

2 お客様に対しては、常に神様と思って接しなさい。

面對顧客時，必須始終秉持顧客至上的心態。

3 皆さんに対し、お詫びを申し上げなければならない。

我得向大家致歉。

4 息子は、音楽に対する興味が人一倍強いです。

兒子對音樂的興趣非常濃厚。

5 息子は静かに本を読むのが好きなのに対して、娘は外で運動するのが好きだ。

我兒子喜歡安安靜靜地讀書，而女兒則喜歡在戶外運動。

088 〜にちがいない

一定是…、准是…

接續方法 ▶ {名詞；形容動詞詞幹；[形容詞・動詞] 普通形} ＋に違いない

【肯定推測】表示説話人根據經驗或直覺，做出非常肯定的判斷，相當於「きっと〜だ」。

例1 この写真は、ハワイで撮影されたに違いない。

這張照片，肯定是在夏威夷拍的。

朋友拍了好多旅行的照片，啊！這個背景我知道！是夏威夷的威基基海灘嘛！

「に違いない」（一定是…）表示説話人根據經驗或直覺，從這張照片的背景，很有把握地説：「ハワイで撮影された」（在夏威夷拍的）。

2 犯人はあいつに違いない。

凶手肯定是那傢伙！

3 あの店はいつも行列ができているから、おいしいに違いない。

那家店總是大排長龍，想必一定好吃。

4 ああ、今日の試験、だめだったに違いない。

唉，今天的考試一定考砸了。

5 彼女は可愛くて優しいから、もてるに違いない。

她既可愛又溫柔，想必一定很受大家的喜愛。

grammar 089 〜につき

因…、因為…

類義表現
による
因…造成的…

接續方法▶{名詞}＋につき

【原因】接在名詞後面，表示其原因、理由。一般用在書信中比較鄭重的表現方法，或用在通知、公告、海報等文體中。相當於「〜のため、〜という理由で」。

例1 **台風**(たいふう)**につき、学校**(がっこう)**は休**(やす)**みになります。**

因為颱風，學校停課。

超級強颱提早來襲，轉新聞台説不上班不上課，學校也因此停課。

「につき」（因為…）表示因前項「台風」（颱風）的理由，而有了後項的結果「学校は休みになります」（學校不用上課）。

2 **5時以降**(じいこう)**は不在**(ふざい)**につき、また明日**(あした)**お越**(こ)**しください。**

因為五點以後不在，所以請明天再來。

3 **工事中**(こうじちゅう)**につき、この先**(さき)**通行止**(つうこうど)**めとなっております。**

由於施工之故，前方路段禁止通行。

4 **好評**(こうひょう)**につき、現在品切**(げんざいしなぎ)**れとなっております。**

由於大受好評，目前已經銷售一空。

5 **病気**(びょうき)**につき欠席**(けっせき)**します。**

由於生病而缺席。

來挑戰看看稍難的文法吧！做好萬全準備！邁向巔峰！

● {名詞} ＋におうじて

働きに応じて、報酬をプラスしてあげよう。

依工作的情況來加薪！

説明 表示按照、根據。前項作為依據，後項根據前項的情況而發生變化。意思是：「根據…」、「按照…」、「隨著…」。

● {名詞；[形容詞・動詞] 辭書形；[形容詞・動詞] 否定形} ＋にかかわらず

お酒を飲む飲まないにかかわらず、一人当たり2千円を払っていただきます。

不管有沒有喝酒，每人都要付兩千日圓。

説明 接兩個表示對立的事物，表示跟這些無關，都不是問題。意思是：「不管…都…」、「儘管…也…」、「無論…與否…」。

● {名詞} ＋にかぎって、にかぎり

時間に空きがある時に限って、誰も誘ってくれない。

獨獨在空閒的時候，沒有一個人來約我。

説明 表示特殊限定的事物或範圍。意思是：「只有…」、「唯獨…是…的」、「獨獨…」。

● {名詞} ＋にかけては、にかけても

パソコンの調整にかけては、自信があります。

在修理電腦這方面，我很有信心。

説明 「其它姑且不論，僅就那一件事情來説」。意思是：「在…方面」、「在…這一點上」。

● {名詞} ＋にこたえて、にこたえ、にこたえる

　農村の人々の期待にこたえて、選挙に出馬した。

　為了回應農村的鄉親們的期待而出來參選。

說明 表示為了使前項能夠實現，後項是為此而採取行動或措施。意思是：「應…」、「響應…」、「回答…」、「回應…」。

● {名詞；動詞辭書形} ＋にさいして、にさいし、にさいしての

　チームに入るに際して、自己紹介をしてください。

　入隊時請先自我介紹。

說明 表示以某事為契機，也就是動作的時間或場合。意思是：「在…之際」、「當…的時候」。

● {名詞；動詞辭書形} ＋にさきだち、にさきだつ、にさきだって

　旅行に先立ち、パスポートが有効かどうか確認する。

　在出遊之前，要先確認護照期限是否還有效。

說明 用在述說做某一動作前應做的事情，後項是做前項之前，所做的準備或預告。意思是：「在…之前，先…」、「預先…」、「事先…」。

● {名詞；動詞辭書形} ＋にしたがって、にしたがい

　季節の変化にしたがい、町の色も変わってゆく。

　隨著季節的變化，街景也改變了。

說明 表示按照、依照的意思。意思是：「依照…」、「按照…」、「隨著…」。

● {名詞；形容動詞詞幹；[形容詞・動詞] 普通形} ＋にしろ

　体調は幾分よくなってきたにしろ、まだ出勤はできません。

　即使身體好了些，也還沒辦法去上班。

說明 表示退一步承認前項，並在後項中提出跟前面相反或矛盾的意見。意思是：「無論…都…」、「就算…，也…」、「即使…，也…」。

● ｛名詞；形容動詞詞幹である；[形容詞・動詞]普通形｝　＋にすぎない

[これは少年犯罪の一例にすぎない。
  這只不過是青少年犯案中的一個案例而已。

説明 表示程度有限，有這並不重要的消極評價語氣。意思是：「只是…」、「只不過…」、「不過是…而已」、「僅僅是…」。

● ｛名詞；形容動詞詞幹である；[形容詞・動詞]普通形｝　＋にせよ、にもせよ

[困難があるにせよ、引き受けた仕事はやりとげるべきだ。
  即使有困難，一旦接下來的工作就得完成。

説明 表示退一步承認前項，並在後項中提出跟前面反或相矛盾的意見。意思是：「無論…都…」、「就算…，也…」、「即使…，也…」、「…也好…也好…」。

● ｛名詞；形容動詞詞幹；[形容詞・動詞]普通形｝　＋にそういない

[明日の天気は、快晴に相違ない。
  明天的天氣，肯定是晴天。

説明 表示說話人根據經驗或直覺，做出非常肯定的判斷。意思是：「一定是…」、「肯定是…」。

● ｛名詞｝　＋にそって、にそい、にそう、にそった

[道にそって、クリスマスの飾りが続いている。
  沿著道路滿是聖誕節的點綴。

説明 接在河川或道路等長長延續的東西，或操作流程等名詞後，表示沿著河流、街道，或按照某程序、方針。意思是：「沿著…」、「順著…」、「按照…」。

● {[形容詞・動詞] 辞書形} ＋につけ、につけて

この音楽を聞くにつけ、楽しかった月日を思い出します。

每當聽到這個音樂，會回想起過去美好的時光。

說明 表示每當看到什麼就聯想到什麼的意思。意思是：「一…就…」、「每當…就…」。

MEMO

grammar 090 〜につれ（て）

伴隨…、隨著…、越…越…

類義表現
にしたがって
伴隨…、隨著…；依照…、遵循…

接續方法▶{名詞；動詞辭書形}＋につれ（て）

【平行】表示隨著前項的進展，同時後項也隨之發生相應的進展，「につれて」前後都使用表示變化的説法。相當於「〜にしたがって」。

例1 一緒に活動するにつれて、みんな仲良くなりました。

隨著共同參與活動，大家感情變得很融洽。

團體活動可以訓練一個人互助合作的精神喔！

「につれて」（隨著…）表示隨著前項大家一起參加活動的彼此交流，而有了後項感情融洽的進展。

---

2 話が進むにつれ、登場人物が増えて込み入ってきた。

隨著故事的進展，出場人物愈來愈多，情節也變得錯綜複雜了。

3 時代の変化につれ、少人数の家族が増えてきた。

隨著時代的變化，小家庭愈來愈多了。

4 年齢が上がるにつれて、体力も低下していく。

隨著年齡增加，體力也逐漸變差。

5 勉強するにつれて、原理が理解できてきた。

隨著研讀，也就暸解原理了。

grammar 091 ～にとって（は／も／の）

對於…來說

類義表現
としては 對…來說

接續方法 ▶ {名詞}＋にとって（は／も／の）

【立場】表示站在前面接的那個詞的立場，來進行後面的判斷或評價，表示站在前接詞（人或組織）的立場或觀點上考慮的話，會有什麼樣的感受之意。相當於「～の立場から見て」。

例1 僕たちにとって、明日の試合は重要です。

對我們來說，明天的比賽至關重要。

明天的比賽決定著我們能不能進決賽，所以不能掉以輕心！

「にとって」（對…來說）前接「僕たち」（我們），表示是以「我們」的立場來説，判斷了後面「明天的比賽極為重要」。

2 そのニュースは、川崎さんにとってショックだったに違いない。

那個消息必定讓川崎先生深受打擊。

3 たった 1,000 円でも、子供にとっては大金です。

雖然只有一千日圓，但對孩子而言可是個大數字。

4 みんなにとっても、今回の旅行は忘れられないものになったことでしょう。

想必對各位而言，這趟旅程一定也永生難忘吧！

5 私にとっての昭和とは、第二次世界大戦と戦後復興の時代です。

對我而言的昭和時代，也就是第二次世界大戰與戰後復興的那個時代。

grammar 092 〜にともなって、にともない、にともなう

伴隨著…、隨著…

類義表現
につれて 伴隨…、隨著…

接續方法 ▶ {名詞；動詞普通形}＋に伴って、に伴い、に伴う

【平行】表示隨著前項事物的變化而進展，相當於「〜とともに、〜につれて」。

例1 **牧畜業（ぼくちくぎょう）が盛（さか）んになるに伴（ともな）って、村（むら）は豊（ゆた）かになった。**

伴隨著畜牧業的興盛，村子也繁榮起來了。

> 人口不斷外流的荒涼小村，隨著幾個年輕人返鄉發展畜牧業，小村子很快就繁榮起來了。

> 「に伴って」（隨著…）表示隨著前項「畜牧業發展的很成功」的變化，連帶著發生後項「村子也跟著繁榮起來」的變化。一般用在規模較大的變化，不用在私人的事情上。

2 **円高（えんだか）に伴（ともな）う輸出入（ゆしゅつにゅう）の増減（ぞうげん）について調（しら）べました。**

調查了當日圓升值時，對於進出口額增減造成的影響。

3 **少子化（しょうしか）に伴（ともな）って、学校経営（がっこうけいえい）は厳（きび）しさを増（ま）している。**

隨著少子化的影響，學校的營運也愈來愈困難了。

4 **台風（たいふう）の北上（ほくじょう）に伴（ともな）い、風雨（ふうう）が強（つよ）くなってきた。**

隨著颱風行徑路線的北移，風雨將逐漸增強。

5 **火山（かざん）の噴火（ふんか）に伴（ともな）って、地震（じしん）も観測（かんそく）された。**

隨著火山的爆發也觀測到了地震。

～にはんして、にはんし、にはんする、にはんした

與…相反…

類義表現
にくらべて
與…相比

接續方法▶ {名詞} ＋に反して、に反し、に反する、に反した

【**對比**】接「期待（期待）、予想（預測）」等詞後面，表示後項的結果，跟前項所預料的相反，形成對比的關係。相當於「〜とは反対に、〜に背いて」。

例1 期待に反して、収穫量は少なかった。

與預期的相反，收穫量少很多。

今年明明是風調雨順的，預期稻子應該是豐收的，但是…。

「に反して」（與…相反…），前接預測未來的詞「期待」（期待）收穫多，後續跟期待相反的「收穫量少很多」的結果。

2 別れた妻が、約束に反して子供と会わせてくれない。

前妻違反約定，不讓我和孩子見面。

3 予想に反し、賛成より反対の方が多かった。

與預期相反，比起贊成，有更多人反對。

4 今回の政府の決定は、国の利益に反する。

此次政府的決定有違國家利益。

5 彼は、外見に反して、礼儀正しい青年でした。

跟他的外表相反，他是一個很懂禮貌的青年。

grammar 094

～にもとづいて、にもとづき、にもとづく、にもとづいた

根據…、按照…、基於…

類義表現
によって
根據…；依照…

接續方法▶｛名詞｝＋に基づいて、に基づき、に基づく、に基づいた

【依據】表示以某事物為根據或基礎。相當於「～をもとにして」。

例1 違反者は法律に基づいて処罰されます。

違者依法究辦。

你超速違規囉！請把駕照和行照給我看一下！

「に基づいて」（根據…）表示以前接的「法律」（法律）為依據，而進行後項的行為「処罰されます」（科罰）。

2 この雑誌の記事は、事実に基づいていない。

這本雜誌上的報導沒有事實根據。

3 こちらはお客様の声に基づき開発した新商品です。

這是根據顧客的需求所研發的新產品。

4 その食品は、科学的根拠に基づかずに「がんに効く」と宣伝していた。

那種食品毫無科學依據就不斷宣稱「能夠有效治療癌症」。

5 専門家の意見に基づいた計画です。

根據專家意見訂的計畫。

～によって（は）、により

1. 因為…；2. 根據…；3. 由…；4. 依照…的不同而不同

類義表現

にそって
按照…

接續方法▶{名詞}＋によって（は）、により

1 【理由】表示事態的因果關係，「〜により」大多用於書面，後面常接動詞被動態，相當於「〜が原因で」，如例（1）。

2 【手段】表示事態所依據的方法、方式、手段，如例（2）。

3 【被動句的動作主體】用於某個結果或創作物等是因為某人的行為或動作而造成、成立的，如例（3）。

4 【對應】表示後項結果會對應前項事態的不同，而有各種可能性，如例（4）、（5）。

例1 地震により、500人以上の貴い命が奪われました。

這一場地震，奪走了超過五百條寶貴的生命。

由於夜半突然來襲的強震，讓整個城鎮遭到重創。

「により」表示因為前項的「地震」（地震），而導致後項的結果「奪走了五百多條寶貴的生命」。

---

2 成績によって、クラス分けする。

根據成績分班。

---

3 『源氏物語』は紫式部によって書かれた傑作です。

《源氏物語》是由紫式部撰寫的一部傑作。

---

4 価値観は人によって違う。

價值觀因人而異。

---

5 状況により、臨機応変に対処してください。

請依照當下的狀況採取臨機應變。

～による

因…造成的…、由…引起的…

類義表現

ので
因為…、由於…

接續方法 ▶ {名詞}＋による

【依據】表示造成某種事態的原因。「～による」前接所引起的原因。

例1 雨による被害は、意外に大きかった。

因大雨引起的災害，大到叫人料想不到。

好大的雨喔！真是天有不測風雲！

「による」（因…造成的…）表示造成後項的某種事情「被害」（災害）的原因是前項的「雨」（下雨）。

---

2 「きのこ」（木の子）という名前は、木に生えることによる。

「木の子」（菇蕈）這個名稱來自於其生長於樹木之上。

3 若手音楽家による無料チャリティー・コンサートが開かれた。

由年輕音樂家舉行了慈善音樂會。

4 不注意による大事故が起こった。

因為不小心，而引起重大事故。

5 この地震による津波の心配はありません。

無需擔心此次地震會引發海嘯。

097 ～によると、によれば

據…、據…說、根據…報導…

類義表現
にもとづいて
因…造成的…、由…引起的…

接續方法▶ {名詞} ＋によると、によれば

【信息來源】表示消息、信息的來源，或推測的依據。後面經常跟著表示傳聞的「～そうだ、～ということだ」之類詞。

例1 天気予報によると、明日は雨が降るそうです。

根據氣象報告，明天會下雨。

這個句型也是氣象常用語喔！

「によると」（據…）表示根據前項的消息「天気予報」（天氣預報），來推測出後項的「明天會下雨」。後面常接表示傳聞的「…そうだ」。

2 アメリカの文献によると、この薬は心臓病に効くそうだ。

根據美國的文獻，這種藥物對心臟病有效。

3 久保田によると、川本は米田さんと付き合い始めたらしい。

聽久保田說，川本好像和米田小姐開始交往了。

4 女性雑誌によれば、毎日1リットルの水を飲むと美容にいいそうだ。

據女性雜誌上說，每天喝一公升的水有助養顏美容。

5 政府の発表によれば、被害者に日本人は含まれていないとのことです。

根據政府的宣布，受害者當中沒有日本人。

grammar 098

〜にわたって、にわたる、にわたり、にわたった

經歷…、各個…、一直…、持續…

類義表現
から〜にかけて 從…到…

接續方法 ▶ {名詞}＋にわたって、にわたる、にわたり、にわたった

【範圍】前接時間、次數及場所的範圍等詞。表示動作、行為所涉及到的時間，或空間沒有停留在小範圍，而是擴展得很大很大。

例1 この小説の作者は、60年代から70年代にわたってパリに住んでいた。

這小說的作者，從六十年代到七十年代都住在巴黎。

你手上那本文學小說的作者呀〜長時間都住在法國巴黎喔！

「にわたって」（一直…）表示這小說的作家在「60年代から70年代」（60年代到70年代），一直進行後項的行為「パリに住んでいた」（住在巴黎）。

2 この事故で、約30キロにわたって渋滞しました。

這起車禍導致塞車長達了三十公里。

3 10年にわたる苦心の末、新製品が完成した。

嘔心瀝血長達十年，最後終於完成了新產品。

4 西日本全域にわたり、大雨になっています。

西日本全區域都下大雨。

5 明治維新により、約700年にわたった武士の時代は終わった。

自從進入明治維新之後，終結了歷經約莫七百年的武士時代。

grammar 099

（の）ではないだろうか、
（の）ではないかとおもう

1. 不就…嗎；2. 我想…吧

類義表現
つけ
是不是…來著

接續方法 ▶ {名詞；[形容詞・動詞] 普通形} ＋（の）ではないだろうか、
（の）ではないかと思う

1 【推測】表示意見跟主張。是對某事能否發生的一種預測，有一定的肯定意味，如例（1）～（3）。

2 【判斷】「（の）ではないかと思う」表示說話人對某事物的判斷，含有徵詢對方同意自己的判斷的語意。如例（4）、（5）。

例1 読んでみると面白いのではないだろうか。

讀了以後，可能會很有趣吧！

「のではないかだろうか」
表示說話人推測這本書是
「有趣的」。

説話人心中雖不確定，
但相信是有趣的。

---

2 こんなことを頼んだら、迷惑ではないだろうか。

拜託這種事情，會不會造成困擾呢？

3 そろそろN３を受けても大丈夫ではないだろうか。

差不多可以考 N3 級測驗也沒問題了吧？

4 彼は誰よりも君を愛していたのではないかと思う。

我覺得他應該比任何人都還要愛妳吧！

5 こんなうまい話は、うそではないかと思う。

我想，這種好事該不會是騙人的吧！

～ば～ほど

1. 越…越…；2. 如果…更…

類義表現
～ば～だけ
越…越…

接續方法▶ {[形容詞・形容動詞・動詞]假定形}＋ば＋ {同形容動詞詞幹な；[同形容詞・動詞]辭書形}＋ほど

1 【平行】同一單詞重複使用，表示隨著前項事物的變化，後項也隨之相應地發生變化，如例（1）～（4）。

2 〖省略ば〗接形容動詞時，用「形容動詞＋なら（ば）～ほど」，其中「ば」可省略，如例（5）。

例1 話せば話すほど、お互いを理解できる。

雙方越聊越能理解彼此。

> 溝通才能了解彼此的立場，溝通才能打通人的才智與心靈之門。

> 「…ば…ほど」（越…越…）表示隨著前項事物的提高「話す」（談話），就是多溝通，另一方面「理解する」（理解）的程度也跟著提高。

---

2 「いつ、式を挙げる。」「早ければ早いほどいいな。」

「什麼時候舉行婚禮？」「愈快愈好啊。」

3 字は、練習すればするほど上手になる。

寫字愈練習愈流利。

4 外国語は、使えば使うほど早く上達する。

外文愈使用，進步愈快。

5 仕事は丁寧なら丁寧なほどいいってもんじゃないよ。速さも大切だ。

工作不是做得愈仔細就愈好喔，速度也很重要！

～ばかりか、ばかりでなく

1. 豈止…・連…也…、不僅…而且…；2. 不要…最好…

類義表現
にくわえて 而且…、加上…

接續方法▶ {名詞；形容動詞詞幹な；[形容詞・動詞] 普通形} ＋ばかりか、ばかりでなく

1【附加】 表示除了前項的情況之外，還有後項的情況，褒意貶意都可以用。「ばかりか」含有説話人吃驚或感嘆等心情。語意跟「～だけでなく～も～」相同，後項也常會出現「も、さえ」等詞。如例（1）～（5）。

2【建議】「ばかりでなく」也用在忠告、建議、委託的表現上。例如「肉ばかりでなく野菜もたくさん食べるようにしてください／不要光吃肉，最好也多吃些蔬菜。」

例1 彼は、勉強ばかりでなくスポーツも得意だ。

他不光只會唸書，就連運動也很行。

學習跟運動雙全，真令人羨慕！

「ばかりでなく」（不僅…而且…）表示不僅前項「勉強」（學習），還有後項再添加的「スポーツ」（運動）都很拿手。

---

2 隣のレストランは、量が少ないばかりか、大しておいしくもない。

隔壁餐廳的菜餚不只份量少，而且也不大好吃。

3 何だこの作文は。字が雑なばかりでなく、内容もめちゃくちゃだ。

這篇作文簡直是鬼畫符呀！不但筆跡潦草，內容也亂七八糟的。

4 あの子は、わがままなばかりでなく生意気だ。

那個孩子不但任性妄為，而且驕傲自大。

5 彼は、失恋したばかりか、会社さえくびになってしまいました。

他不但失戀了，而且工作也被革職了。

grammar 102 ～はもちろん、はもとより

不僅…而且…、…不用說，…也…

類義表現
ばかりか
不僅…而且…

接續方法▶｛名詞｝＋はもちろん、はもとより

1 **【附加】**表示一般程度的前項自然不用説，就連程度較高的後項也不例外，後項是強調不僅如此的新信息。相當於「～は言うまでもなく～（も）」，如例（1）～（3）。

2 〔禮貌體〕「～はもとより」是種較生硬的表現，「もとより」本身有「本來、從開始」的意思。例如：「そのことはもとより存じております／那件事打從一開始我就知道了。」如例（4）、（5）。

例1 病気の治療はもちろん、予防も大事です。

疾病的治療自不待言，預防也很重要。

> 預防真的勝於治療喔！所以平常就應該好好照顧身體！

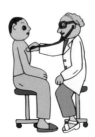

> 「はもちろん」（不僅…而且…）表示先舉出醫療範疇內，具代表性的前項，然後再列舉出同一範疇的事物「預防也很重要」。

2 この辺りは、昼間はもちろん夜も人であふれています。

這一帶別説是白天，就連夜裡也是人聲鼎沸。

3 Kansai Boys は、かっこういいのはもちろん、歌も踊りも上手です。

Kansai Boys 全是型男就不用説了，連唱歌和跳舞也非常厲害。

4 楊さんは、英語はもとより日本語もできます。

楊小姐不只會英語，也會日語。

5 生地はもとより、デザインもとてもすてきです。

布料好自不待言，就連設計也很棒。

～ばよかった

1.…就好了；2.沒（不）…就好了

類義表現

たらいいなあ
…就好了

接続方法▶ {動詞假定形}＋ばよかった；{動詞否定形（去い）}＋なければよかった

1【反事實條件】 表示説話者自己沒有做前項的事而感到後悔，覺得要是做了就好了，對於過去事物的惋惜、感慨，帶有後悔的心情。如例（1）～（4）。

2〖否定－後悔〗 以「なければよかった」的形式，表示對已做的事感到後悔，覺得不應該。如例（5）。

例1 雨だ、傘を持ってくればよかった。

下雨了！早知道就帶傘來了。

糟了！下雨了，雨傘咧？沒帶！！

用「ばよかった」表示沒能做到「傘を持ってくれば」這件事，感到懊悔。

2 正直に言えばよかった。

早知道一切從實招供就好了。

3 もっと早くお医者さんに診てもらえばよかった。

要是能及早請醫師診治就好了。

4 親の言う通り、大学に行っておけばよかった。

假如當初按照父母所説的去上大學就好了。

5 あの時あんなこと言わなければよかった。

那時若不要説那樣的話就好了。

～はんめん

另一面…、另一方面…

類義表現

かわりに
代替…

接續方法 ▶ {[形容詞・動詞]辭書形}＋反面；{[名詞・形容動詞詞幹な]である}＋反面

【對比】表示同一種事物，同時兼具兩種不同性格的兩個方面。除了前項的一個事項外，還有後項的相反的一個事項。前項一般為醒目或表面的事情，後項一般指出其難以注意或內在的事情。相當於「～である一方」。

例1 産業が発達している反面、公害が深刻です。

產業雖然發達，但另一方面也造成嚴重的公害。

事物總是一體兩面的，在我們擁有的同時，也會失去些什麼。

「反面」（另一方面…）表示同一事物的「産業」（產業），同時間具兩種不同性格，除了前項的「発達している」（發達）之外，還有後項相反的一個事項「公害が深刻」（嚴重的公害）。

2 自動車は、便利な道具である反面、交通事故や環境破壊の原因にもなる。

汽車雖然是便捷的工具，卻也是造成交通事故與破壞環境的元凶。

3 商社は、給料がいい反面、仕事がきつい。

貿易公司雖然薪資好，但另一方面工作也吃力。

4 語学は得意な反面、数学は苦手だ。

語文很拿手，但是數學就不行了。

5 この国は、経済が遅れている反面、自然が豊かだ。

這個國家經濟雖然落後，但另一方面卻擁有豐富的自然資源。

～べき、べきだ

必須…、應當…

類義表現
はずだ
（按理說）應該…；怪不得…

接續方法▶｛動詞辭書形｝＋べき、べきだ

1 【**勧告**】表示那樣做是應該的、正確的。常用在勧告、禁止及命令的場合。一般是從道德、常識或社會上一般的理念出發。是一種比較客觀或原則的判斷，書面跟口語雙方都可以用，相當於「～するのが当然だ」，如例（1）～（3）。

2 〖**するべき、すべき**〗「べき」前面接サ行變格動詞時，「する」以外也常會使用「す」。「す」為文言的サ行變格動詞終止形，如例（4）、（5）。

例1 人間はみな平等であるべきだ。
人人應該平等。

不論種族、性別，大家都是平等的。

「べきだ」（應當…）表示那樣做是應該的、對的。這句話是說話人對一般事情發表意見，他認為「大家應當都是平等的」。

「べきだ」可以是對一般事情發表意見，也可以是對對方的勧告、禁止和命令等。

2 これは、会社を辞めたい人がぜひ読むべき本だ。
這是一本想要辭職的人必讀的書！

3 ああっ、バス行っちゃったー。あと１分早く家を出るべきだった。
啊，巴士跑掉了…！應該提早一分鐘出門的。

4 学生は、勉強していろいろなことを吸収するべきだ。
學生應該好好學習，以吸收各種知識。

5 自分の不始末は自分で解決すべきだ。
自己闖的禍應該要自己收拾。

～ほかない、ほかはない

只有…、只好…、只得…

類義表現

ようがない
沒辦法、無法…

接續方法 ▶ {動詞辭書形} ＋ほかない、ほかはない

【讓步】表示雖然心裡不願意，但又沒有其他方法，只有這唯一的選擇，別無它法。含有無奈的情緒。相當於「～以外にない、～より仕方がない」等。

例1 書類は一部しかないので、コピーするほかない。

因為資料只有一份，只好去影印了。

「ほかない」（只好…）表示，某些原因或情況「書類は一部しかない」（資料只有一份），而不得不採用這唯一的方法「コピーする」（影印）。

含有雖然不符合自己的想法，但只能這樣，沒有其它方法的意思。

2 運命だったとあきらめるほかない。

只能死心認命了。

3 こんなやり方はおかしいと思うけど、上司に言われたからやるほかない。

儘管覺得這種作法有違常理，可是既然主管下令，只好照做。

4 父が病気だから、学校を辞めて働くほかなかった。

因為家父生病，我只好退學出去工作了。

5 上手になるには、練習し続けるほかはない。

想要更好，只有不斷地練習了。

～ほど

grammar 107

1.…得、…得令人；2.越…越

接續方法▶ {名詞；形容動詞詞幹な；[形容詞・動詞] 辭書形}＋ほど

1【程度】用在比喻或舉出具體的例子，來表示動作或狀態處於某種程度，一般用在具體表達程度的時候。如例（1）～（3）。

2【平行】表示後項隨著前項的變化，而產生變化，如例（4）、（5）。

例1 お腹が死ぬほど痛い。

肚子痛到好像要死掉了。

唉呀！好痛的樣子呢！怎麼啦！

「ほど」（…得令人）表示用前接的比喻或具體的事例「死ぬ」（死了）來形容「お腹が痛い」（肚子疼痛）的程度是「痛得幾乎要死了」。

---

2 足を切り落としてしまいたいほど痛い。

腳痛得幾乎想剁掉。

3 今日は面白いほど魚がよく釣れた。

我今天出乎意料地釣了好多魚。

4 勉強するほど疑問が出てくる。

讀得愈多愈會發現問題。

5 不思議なほど、興味がわくというものです。

很不可思議的，對它的興趣竟然油然而生。

～までに（は）

…之前、…為止

類義表現
のまえに …前

接續方法 ▶ ｛名詞；動詞辭書形｝＋までに（は）

【期限】前面接和時間有關的名詞，或是動詞，表示某個截止日、某個動作完成的期限。

例1 結論が出るまでにはもうしばらく時間がかかります。

在得到結論前還需要一點時間。

大家各有各的意見…到底要到什麼時候才能結束會議啊…。

表示時間的期限就用「までには」。

2 30までには、結婚したい。

我希望能在三十歲之前結婚。

3 仕事は明日までには終わると思います。

我想工作在明天之前就能做完。

4 完成するまでには、いろいろなことがあった。

在完成之前經歷了種種困難。

5 大学を卒業するまでには、Ｎ１に合格したい。

希望在大學畢業之前通過 N1 級測驗。

grammar 109

〜み

帶有…、…感

類義表現
さ
表示程度或狀態

接續方法▸{[形容詞・形容動詞]詞幹}＋み

【狀態】「み」是接尾詞，前接形容詞或形容動詞詞幹，表示該形容詞的這種狀態、性質，或在某種程度上感覺到這種狀態、性質。形容詞跟形容動詞轉為名詞的用法。

例1 月曜日の放送を楽しみにしています。

我很期待看到星期一的播映。

我最喜歡看恐龍的節目了。

把「楽しい」的詞幹「楽し」加上「み」就成為名詞了。

---

2 この包丁は厚みのある肉もよく切れる。

這把菜刀也可以俐落地切割有厚度的肉塊。

3 玉露は、天然の甘みがある。

玉露茶會散發出天然的甘甜。

4 川の深みにはまって、あやうく溺れるところだった。

一腳陷進河底的深處，險些溺水了。

5 この講義、はっきり言って新鮮みがない。

這個課程，老實說，內容已經過時了。

～みたい（だ）、みたいな

1.好像…；3.想要嘗試…

1 【推測】{名詞；形容動詞詞幹；[動詞・形容詞]普通形}＋みたい（だ）、みたいな。表示不是很確定的推測或判斷，如例（1）、（2）。

2 〖みたいなN〗後接名詞時，要用「みたいな＋名詞」，如例（3）。

3 【嘗試】{動詞て形}＋てみたい。由表示試探行為或動作的「～てみる」，再加上表示希望的「たい」而來。跟「みたい（だ）」的最大差別在於，此文法前面必須接「動詞て形」，且後面不得接「だ」，用於表示欲嘗試某行為，如例(4)、(5)。

例1 太郎君は雪ちゃんに気があるみたいだよ。

太郎似乎對小雪有好感喔。

太郎最近常發簡訊給小雪，而且常約小雪出去玩。他是不是喜歡小雪呀！

用「てみる」表示不是十分確定，但猜測應該是「有好感」的意思。

2 何だかだるいな。風邪をひいたみたいだ。

怎麼覺得全身倦怠，好像感冒了。

3 空に綿みたいな雲が浮かんでいる。

天空中飄著棉絮般的浮雲。

4 次のカラオケでは必ず歌ってみたいです。

下次去唱卡拉 OK 時，我一定要唱看看。

5 一度、富士山に登ってみたいですね。

真希望能夠登上一次富士山呀！

grammar 111 〜むきの、むきに、むきだ

1.朝…；2.合於…、適合…

接續方法▸｛名詞｝＋向きの、向きに、向きだ

1 【**方向**】接在方向及前後、左右等方位名詞之後，表示正面朝著那一方向，如例（1）。

2 【**合適**】表示前項所提及的事物，其性質對後項而言，剛好合適。兩者一般是偶然合適，不是人為使其合適的。如果是有意圖使其合適一般用「むけ」。相當於「〜に適している」，如例（2）、（3）。

3 〔**積極／消極**〕「前向き／後ろ向き」原為表示方向的用法，但也常用於表示「積極／消極」、「朝符合理想的方向／朝理想反方向」之意，如例（4）、（5）。

例1 **南向きの部屋は暖かくて明るいです。**

朝南的房子不僅暖和，採光也好。

這房子採光挺好的呢！感覺非常溫暖、舒適喔！

「向きの」（朝…）表示朝著前接的方向詞「南」（南邊）的意思。

---

2 **私は人と話すのが好きなので、営業向きだと思う。**

我很喜歡與人交談，所以覺得自己適合當業務。

3 **この味付けは日本人向きだ。**

這種調味很適合日本人的口味。

4 **彼はいつも前向きに物事を考えている。**

他思考事情都很積極。

5 **「どうせ失敗するよ。」「そういう後ろ向きなこと言うの、やめなさいよ。」**

「反正會失敗啦！」「不要講那種負面的話嘛！」

112 〜むけの、むけに、むけだ

適合於…

類義表現
のに
用於…

接続方法 ▶ {名詞} ＋向けの、向けに、向けだ

【目標】表示以前項為特定對象目標，而有意圖地做後項的事物，也就是人為使之適合於某一個方面的意思。相當於「〜を対象にして」。

例1 初心者向けのパソコンは、たちまち売り切れてしまった。

針對電腦初學者的電腦，馬上就賣光了。

商品要打動消費者的心，就要知道消費者的需求喔！

「向けの」（適合於…）表示以前接的「初心者」（初學者）為對象，而做出了適合於這個對象的後項「パソコン」（手提電腦）。

2 この工場では、主に輸出向けの商品を作っている。

這座工廠主要製造外銷商品。

3 童話作家ですが、たまに大人向けの小説も書きます。

雖然是童話作家，但偶爾也會寫適合成年人閱讀的小說。

4 日本から台湾向けに食品を輸出するには、原産地証明書が必要です。

要從日本外銷食品到台灣，必須附上原產地證明。

5 この乗り物は子供向けです。

這項搭乘工具適合小孩乘坐。

～もの、もん

因為…嘛

類義表現

ものだから
就是因為…，所以…

接続方法▶ {[名詞・形容動詞詞幹]んだ；[形容詞・動詞]普通形んだ}＋もの、もん

1 **【説明理由】** 説明導致某事情的緣故。含有沒辦法，事情的演變自然就是這樣的語氣。助詞「もの、もん」接在句尾，多用在會話中，年輕女性或小孩子較常使用。跟「だって」一起使用時，就有撒嬌的語感，如例（1）。

2 **【強烈斷定】** 表示説話人很堅持自己的正當性，而對理由進行辯解，如例（2）、（3）。

3 〔**口語**〕更隨便的説法用「もん」，如例（4）、（5）。

例1 花火を見に行きたいわ。だってとってもきれいだもの。

我想去看煙火，因為很美嘛！

有時候可以用這個句型撒撒嬌喔！

「もの」（因為…嘛）表示「花火を見に行きたいわ」（想去看煙火）的理由是因為煙火「とてもきれいだ」（很漂亮）啦！有堅持自己的正當性的語意。這是用在比較隨便的場合。

---

2 おしゃれをすると、何だか心がウキウキする。やっぱり、女ですもの。

精心打扮時總覺得心情特別雀躍，畢竟是女人嘛。

3 運動はできません。退院したばかりだもの。

人家不能運動，因為剛出院嘛！

4 早寝早起きしてるの。健康第一だもん。

早睡早起，因為健康第一嘛！

5 「お帰り。遅かったね。」「しょうがないだろ。付き合いだもん。」

「回來了？好晚喔。」「有什麼辦法，得應酬啊。」

～ものか

哪能…、怎麼會…呢、決不…、才不…呢

類義表現
など
オ（不）…

接續方法▶｛形容動詞詞幹な；[形容詞・動詞] 辭書形｝＋ものか

1【強調否定】句尾聲調下降。表示強烈的否定情緒，指說話人絕不做某事的決心，或是強烈否定對方或周圍的意見，如例（1）～（3）。

2〔禮貌體〕一般而言「ものか」為男性使用，女性通常用禮貌體的「ものですか」，如例（4）。

3〔口語〕比較隨便的說法是「～もんか」，如例（5）。

例1 彼の味方になんか、なるものか。

我才不跟他一個鼻子出氣呢！

> 他人很壞的，總是想些壞點子。

> 「ものか」（才不…呢）表示說話人絕不做某事。這是由於輕視、厭惡或過於複雜等原因，而表示的強烈的否定。

---

2 何があっても、誇りを失うものか。

無論遇到什麼事，我決不失去我的自尊心。

3 あんな銀行に、お金を預けるものか。

我才不把錢存在那種銀行裡呢！

4 何よ、あんな子が可愛いものですか。私の方がずっと可愛いわよ。

什麼嘛，那種女孩哪裡可愛了？我比她可愛不知道多少倍耶！

5 元カノが誰と何をしたって、かまうもんか。

前女友和什麼人做了什麼事，我才不管咧！

～ものだ

過去…經常、以前…常常

類義表現
ことか
多麼…啊

接續方法▶{形容動詞詞幹な；形容詞辭書形；動詞普通形}＋ものだ

【感慨】表示説話者對於過去常做某件事情的感慨、回憶或吃驚。如果是敘述人物的行為或狀態時，有時會搭配表示欽佩的副詞「よく」；有時會搭配表示受夠了的副詞「よく（も）」一起使用。

例1 **懐かしい。これ、子供の頃によく飲んだものだ。**

好懷念喔！這個是我小時候常喝的。

是彈珠汽水耶～小時候一拿到零用錢就會去買這個來喝，這是我當時小小的幸福。

要緬懷過去事物，用「ものだ」就對了。

---

2 **渋谷には、若い頃よく行ったものだ。**

我年輕時常去澀谷。

---

3 **英語の授業中に、よく辞書でエッチな言葉を調べたものだ。**

在英文課堂上經常翻字典查些不正經的詞語呢。

---

4 **学生時代は毎日ここに登ったものだ。**

學生時代我每天都爬到這上面來。

---

5 **この町も、ずいぶん都会になったものだ。**

這座小鎮也變得相當具有城市的樣貌囉。

grammar 116　〜ものだから

就是因為…，所以…

接續方法 ▶ ｛[名詞・形容動詞詞幹] な；[形容詞・動詞] 普通形｝＋ものだから

1 【理由】表示原因、理由，相當於「〜から、〜ので」常用在因為事態的程度很厲害，因此做了某事，如例（1）～（2）。

2 〔說明理由〕含有對事情感到出意料之外、不是自己願意的理由，進行辯白，主要為口語用法，如例（3）～（5）。口語用「もんだから」。

例1 お葬式で正座して、足がしびれたものだから立てませんでした。

在葬禮上跪坐得腳麻了，以致於站不起來。

跪坐得好，看起來就是高貴優雅，但沒有跪坐習慣，那簡直就是地獄！

「ものだから」表示原因，因為「足がしびれた」(腳麻)所以「立てませんでした」(站不起來)。

2 きつく叱ったものだから、娘はしくしくと泣き出した。

由於很嚴厲地斥責了女兒，使得她抽抽搭搭地哭了起來。

3 パソコンが壊れたものだから、レポートが書けなかった。

由於電腦壞掉了，所以沒辦法寫報告。

4 隣のテレビがやかましかったものだから、抗議に行った。

因為隔壁的電視太吵了，所以跑去抗議。

5 値段が手ごろなものだから、ついつい買い込んでしまいました。

因為價格便宜，忍不住就買太多了。

grammar 117 〜もので

因為…、由於…

接続方法 ▶ {形容動詞詞幹な；[形容詞・動詞] 普通形}＋もので

【理由】意思跟「ので」基本相同，但強調原因跟理由的語氣比較強。前項的原因大多為意料之外或不是自己的意願，後項為此進行解釋、辯白。結果是消極的。意思跟「ものだから」一樣。後項不能用命令、勸誘、禁止等表現方式。

例1 東京は家賃が高いもので、生活が大変だ。

由於東京的房租很貴，所以生活很不容易。

才月中，錢就已經花到所剩無幾！

「もので」前接不是自己願意的原因「東京房租貴」，後接消極的結果「生活很不容易」。

---

2 子供に手伝わせるとあんまり遅いもので、つい自分でやってしまう。

讓孩子幫忙會拖得太晚，最後還是忍不住自己動手做。

3 勉強が苦手なもので、高校を出てすぐ就職した。

因為不喜歡讀書，所以高中畢業後馬上去工作了。

4 子供が行きたいと言うもので、しかたなく東京ディズニーランドに連れていった。

由於孩子説想去，不得已只好帶去東京迪士尼樂園了。

5 走ってきたもので、息が切れている。

由於是跑著來的，因此上氣不接下氣的。

文法升級挑戰篇

來挑戰看看稍難的文法吧！做好萬全準備！邁向巔峰！

● {名詞} ＋にほかならない

　　肌がきれいになったのは、化粧品の美容効果にほかならない。

　　肌膚會這麼漂亮，其實是因為化妝品的美容效果。

說明 表示斷定地說事情發生的理由跟原因。意思是：「完全是…」、「不外乎是…」。

● {名詞；形容動詞詞幹；[形容詞・動詞]普通形} ＋にもかかわらず

　　努力しているにもかかわらず、ぜんぜん効果が上がらない。

　　儘管努力了，效果還是完全沒有提升。

說明 表示逆接。意思是：「雖然…，但是…」、「儘管…，卻…」、「雖然…，卻…」。

● {名詞} ＋ぬきで、ぬきに、ぬきの、ぬきには、ぬきでは

　　今日は仕事の話は抜きにして飲みましょう。

　　今天就別提工作，喝吧！

說明 表示除去或省略一般應該有的部分。意思是：「如果沒有…」、「沒有…的話」。

● {動詞ます形} ＋ぬく

　　苦しかったが、ゴールまで走り抜きました。

　　雖然很苦，但還是跑完全程。

說明 表示把必須做的事，徹底做到最後，含有經過痛苦而完成的意思。意思是「…做到底」。

● {名詞} ＋のすえ（に）；{動詞た形} ＋すえ（に、の）

　　工事は、長期間の作業のすえ、完了しました。

　　工程在長時間的進行後，終於結束了。

說明 表示「經過一段時間，最後」之意。意思是：「經過…最後」、「結果…」、「結局最後…」。

● {名詞；形容動詞詞幹である；[形容詞・動詞]普通形}　＋のみならず

[この薬は、風邪のみならず、肩こりにも効力がある。
[這個藥不僅對感冒有效，對肩膀酸痛也很有效。

說明 用在不僅限於前接詞的範圍，還有後項進一層的情況。意思是：「不僅…，也…」、「不僅…，而且…」、「非但…，尚且…」。

● {名詞}　＋のもとで、のもとに

[太陽の光のもとで、稲が豊かに実っています。
[稻子在太陽光之下，結實纍纍。

說明 「のもとで」表示在受到某影響的範圍內，而有後項的情況。意思是：「在…之下（範圍）」；「のもとに」表示在某人的影響範圍下，或在某條件的制約下做某事。意思是：「在…之下」。

● {名詞である；形容動詞詞幹な；[形容詞・動詞]普通形}　＋ばかりに

[彼は競馬に熱中したばかりに、全財産を失った。
[他因為沉迷於賽馬，結果全部的財產都賠光了。

說明 表示就是因為某事的緣故，造成後項不良結果或發生不好的事情。意思是：「就因為…」、「都是因為…，結果…」。

● {名詞}　＋はともかく（として）

[平日はともかく、週末はのんびりしたい。
[不管平常如何，我週末都想悠哉地休息一下。

說明 表示提出兩個事項，前項暫且不作為議論的對象，先談後項。意思是：「姑且不管…」、「…先不管它」。

● {名詞；形容動詞詞幹な；[形容詞・動詞]辭書形}　＋ほどだ、ほどの

[彼の実力は、世界チャンピオンに次ぐほどだ。
[他的實力好到幾乎僅次於世界冠軍了。

說明 為了說明前項達到什麼程度，在後項舉出具體的事例來。意思是：「甚至能…」、「幾乎…」、「簡直…」。

● {名詞；形容動詞詞幹；[形容詞・動詞]辭書形｝ ＋ほどのことではない

　子供の喧嘩です、親が出て行くほどのことではありません。

　孩子們的吵架而已，用不著父母插手。

說明 表示事情不怎麼嚴重。意思是：「不至於…」、「沒有達到…地步」。

● {動詞辭書形｝ ＋まい

　絶対煙草は吸うまいと、決心した。

　我決定絕不再抽煙。

說明 （1）表示説話的人不做某事的意志或決心。意思是：「不…」、「打算不…」；
（2）表示説話人的推測、想像。意思是：「不會…吧」、「也許不…吧」。

● {名詞｝ ＋も＋ {[名詞・形容動詞詞幹]なら；[形容詞・動詞]假定形｝ ＋ば、
{名詞｝ ＋も

　あのレストランは、値段も手頃なら料理もおいしい。

　那家餐廳價錢公道，菜也好吃。

說明 把類似的事物並列起來，用意在強調。意思是：「既…又…」、「也…也…」。

● {名詞｝ ＋も＋ {同名詞｝ ＋なら、{名詞｝ ＋も＋ {同名詞｝

　最近の子供の問題に関しては、家庭も家庭なら、学校も学校だ。

　最近關於小孩的問題，家庭有家庭的不是，學校也有學校的缺陷。

說明 表示前後項提及的雙方都有缺點，帶有譴責的語氣。意思是：「…不…，…
也不…」、「…有…的不對，…有…的不是」。

● {名詞；動詞辭書形の｝ ＋もかまわず

　警官の注意もかまわず、赤信号で道を横断した。

　不理會警察的警告，照樣闖紅燈。

說明 表示對某事不介意，不放在心上。意思是：「（連…都）不顧…」、「不理
睬…」、「不介意…」。

● {形容動詞詞幹な；[形容詞・動詞]辭書形} ＋ものがある

> あのお坊さんの話には、聞くべきものがある。
>
> 那和尚説的話，確實有一聽的價值。

說明 表示強烈斷定。意思是：「有價值…」、「確實有…的一面」、「非常…」。

● {形容詞辭書形；形容詞否定形；形容動詞詞幹な；形容動詞詞幹じゃない；動詞辭書形；動詞否定形} ＋ものだ；{動詞辭書形} ＋ものではない

> 狭い道で、車の速度を上げるものではない。
>
> 在小路開車不應該加快車速。

說明 （1）表示常識性、普遍事物必然的結果。意思是：「…就是…」、「本來就是…」；
（2）表示理所當然，理應如此。意思是：「就該…」、「要…」、「應該…」。

● {動詞可能形} ＋ものなら

> あの素敵な人に、声をかけられるものなら、かけてみろよ。
>
> 你敢去跟那位美女講話的話，你就去講講看啊！

說明 表示對辦不到的事的假定。意思是：「如果能…的話」、「要是能…就…吧」。

MEMO

---

grammar 118 ～ようがない、ようもない
沒辦法、無法…；不可能…

類義表現
より（ほか）ない
只有…、除了…之外沒有…

接續方法 ▶ {動詞ます形}＋ようがない、ようもない

1 【不可能】表示不管用什麼方法都不可能，已經沒有辦法了，相當於「～ことができない」，「～よう」是接尾詞，表示方法，如例（1）～（4）。

2 〔漢字＋（の）＋しようがない〕表示說話人確信某事態理應不可能發生，相當於「～はずがない」，如例（5）。通常前面接的サ行變格動詞為雙漢字時，中間加不加「の」都可以。

例1 道に人があふれているので、通り抜けようがない。

路上到處都是人，沒辦法通行。

震撼人心的煙火秀，看完了讓人好開心，回家囉！…哇！散場人潮好多喔！這樣根本動彈不得！

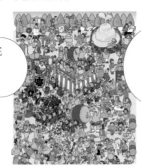

「ようがない」（沒辦法）表示由於路上人山人海，導致無法進行後項行為「通り抜ける」（通行）。也就是道路擁擠到採取任何方法都沒有辦法通過。

---

2 素晴らしい演技だ。文句のつけようがない。

真是精湛的演技！無懈可擊！

---

3 済んだことは、今更どうしようもない。

過去的事，如今已無法挽回了。

---

4 ご家族がみんな飛行機事故で死んでしまって、なぐさめようがない。

他全家人都死於墜機意外，不知道該如何安慰才好。

---

5 スイッチを入れるだけだから、失敗（の）しようがない。

只是按下按鈕而已，不可能會搞砸的。

～ような

1. 像…樣的；2. 宛如…一樣的…；3. 感覺像…

類義表現

みたいな
好像…

1 【列舉】{名詞の}＋ような。表示列舉，為了說明後項的名詞，而在前項具體的舉出例子，如例（1）、（2）。

2 【比喻】{名詞の；動詞辭書形；動詞ている}＋ような。表示比喻，如例（3）、（4）。

3 【判斷】{名詞の；形容動詞詞幹な；[形容詞・動詞]辭書形}＋ような気がする。表示說話人的感覺或主觀的判斷，如例（5）。

例1 お寿司や天ぷらのような和食が好きです。

我喜歡吃像壽司或是天婦羅那樣的日式料理。

不管是壽司、炸物、生魚片、燒物…我都超愛吃的。

「ような」前接具體例子「壽司或天婦羅」，後接概括的名詞「和食」，表示列舉、比喻。

2 病院や駅のような公共の場所は、禁煙です。

醫院和車站之類的公共場所一律禁菸。

3 兄のような大人になりたい。

我想成為像哥哥一樣的大人！

4 警察が疑っているようなことは、していません。

我沒有做過會遭到警方懷疑的壞事。

5 あの人、見たことがあるような気がする。

我覺得那個人似曾相識。

grammar
120

〜ようなら、ようだったら

如果…、要是…

類義表現
なら
如果…的話

接續方法 ▶ {名詞の；形容動詞な；[動詞・形容詞] 辭書形} ＋ようなら、ようだったら

【**條件**】表示在某個假設的情況下，説話者要採取某個行動，或是請對方採取某個行動。

例1 パーティーが 10 時過ぎるようなら、途中で抜けることにする。

如果派對超過十點，我要中途落跑。

因應假設的情況而採取某種行為時要用「ようなら」。

這場派對實在是太無聊了，到底什麼時候才要散會啊？我寧可回家看日劇！

---

2 明日になっても痛いようなら、お医者さんに行こう。

如果到了明天還是一樣痛，就去找醫師吧。

3 大阪と京都と奈良に行きたいけれど、無理なようなら奈良はやめる。

雖然想去大阪和京都和奈良，但若不可行，就放棄奈良。

4 肌に合わないようだったら、使用を中止してください。

如肌膚有不適之處，請停止使用。

5 よくならないようなら、検査を受けたほうがいい。

如果一直好不了，最好還是接受檢查。

～ように

1. 為了…而…；2. 請…；3. 希望…；4. 如同…

類義表現

ために

以…為目的，做…；為了…

1 【目的】{動詞辭書形；動詞否定形}＋ように。表示為了實現前項而做後項，是行為主體的目的，如例（1）。

2 【勸告】用在句末時，表示願望、希望、勸告或輕微的命令等，如例（2）。

3 【期盼】{動詞ます形}＋ますように。表示祈求，如例（3）。

4 【例示】{名詞の；動詞辭書形；動詞否定形}＋ように。表示以具體的人事物為例，來陳述某件事物的性質或內容等，如例（4）、（5）。

例1 約束を忘れないように手帳に書いた。

把約定寫在了記事本上以免忘記。

> 聽說成功的人都很健忘，只是他們很會做筆記，我也要學他們。

> 為了「忘れないように」（以免忘記），所以做「手帳に書いた」（寫在記事本上）這動作。

---

2 明日は駅前に8時に集合です。遅れないように。

明天八點在車站前面集合。請各位千萬別遲到。

3 （遠足の前日）どうか明日晴れますように。

（遠足前一天）求求老天爺明天給個大晴天。

4 私が発音するように、後について言ってください。

請模仿我的發音，跟著複誦一次。

5 ご存じのように、来週から営業時間が変更になります。

誠如各位所知，自下週起營業時間將有變動。

ように（いう）

告訴…

類義表現
なさい
（命令，指示）給我…

接續方法 ▶ ｛動詞辭書形；動詞否定形｝＋ように（言う）

1 【**間接引用**】表示間接轉述指令、請求等內容，如例（1）。
2 〖**後接詞**〗後面也常接「お願いする（拜託）、頼む（拜託）、伝える（傳達）」等跟說話相關的動詞，如例（2）～（5）。

例1 息子にちゃんと歯を磨くように言ってください。
請告訴我兒子要好好地刷牙。

我兒子一口壞牙又不愛刷牙，老師啊，請妳多多叮嚀他吧！

「ように言う」用來託人轉達傳話。

2 あさってまでにはやってくれるようにお願いします。
麻煩在後天之前完成這件事。

3 明日晴れたら海に連れて行ってくれるように父に頼みました。
我拜託爸爸假如明天天氣晴朗的話帶我去海邊玩。

4 私に電話するように伝えてください。
請告訴他要他打電話給我。

5 神社で、「矢野君と結婚できますように。」と祈りました。
在神社祈禱神明保佑「自己能和矢野君結婚。」

～ようになっている

1. 會…；2. 就會…

類義表現
ようにする
爭取做到…、設法使…；使其…

1 **【變化】**{動詞辭書形；動詞可能形}＋ようになっている。是表示能力、狀態、行為等變化的「ようになる」，與表示動作持續的「～ている」結合而成，如例（1）、（2）。

2 **【功能】**{動詞辭書形}＋ようになっている。表示機器、電腦等，因為程式或設定等而具備的功能，如例（3）、（4）。

3 〔**變化的結果**〕{名詞の；動詞辭書形}＋ようになっている。是表示比喻的「ようだ」，再加上表示動作持續的「～ている」的應用，如例（5）。

例1 毎日練習したから、この曲は今では上手に弾けるようになっている。

正因為每天練習不懈，現在才能把這首曲子彈得這麼流暢。

從拿到這份譜開始，我就沒日沒夜的苦練，所以才能彈這麼好！

表示彈曲子的能力變好，「上手に弾けるようになっている」（彈得這麼流暢）。

---

2 日本に住んで３年、今では日本語で夢を見るようになっている。

在日本住了三年以後，現在已經能夠用日語作夢了。

3 このトイレは、入ってドアを閉めると電気が点くようになっている。

這間廁所設計成進去後關上門，電燈就會亮。

4 ここのボタンを押すと、水が出るようになっている。

按下這個按鈕，水就會流出來。

5 直美さんはもうフランスに20年も住んでいるから、今ではフランス人のようになっている。

由於直美小姐已經在法國住了長達二十年，現在幾乎成為道地的法國人了。

～より（ほか）ない、
ほか（しかたが）ない

只有…、除了…之外沒有…

1 【讓步】{名詞；動詞辭書形}＋より（ほか）ない；{動詞辭書形}＋ほか（しかたが）ない。後面伴隨著否定，表示這是唯一解決問題的辦法，相當於「ほかない、ほかはない」，另外還有「よりほかにない、よりほかはない」的說法，如例（1）～（4）。

2 〖人物＋いない〗{名詞；動詞辭書形}＋よりほかに～ない。是「それ以外にない」的強調說法，前接的體言為人物時，後面要接「いない」，如例（5）。

例1 もう時間がない。こうなったら一生懸命やるよりほかない。

時間已經來不及了，事到如今，只能拚命去做了。

明天一早就要截稿了。沒時間了，今晚只好硬著頭皮拼了。

用「よりない」表示問題處於沒時間的情況下，辦法就只有「拼命去做」了。

2 終電が出てしまったので、タクシーで帰るよりほかにない。

由於最後一班電車已經開走了，只能搭計程車回家了。

3 病気を早く治す為には、入院するよりほかはない。

為了要早點治癒，只能住院了。

4 停電か。テレビも見られないし、寝るよりほかしかたがないな。

停電了哦。既然連電視也沒得看，剩下能做的也只有睡覺了。

5 君よりほかに頼める人がいない。

除了你以外，再也沒有其他人能夠拜託了。

grammar 125 句子＋わ

…啊、…呢、…呀

類義表現

だい

…呢、…呀

接續方法▶ ｛句子｝＋わ

【**主張**】表示自己的主張、決心、判斷等語氣。女性用語。在句尾可使語氣柔和。

例1 私も行きたいわ。

我也好想去啊！

你們要去漫遊京都小街小巷！？好好喔～我也好想一起去！

女生講話時在句子後面接「わ」，語氣聽起來就會更加柔和喔！

---

2 早く休みたいわ。

真想早點休息呀！

3 雨が降ってきたわ。

下起雨來嘍。

4 あ、お金がないわ。

啊！沒有錢了！

5 きゃーっ、遅刻しちゃうわ。

天呀…要遲到了！

〜わけがない、わけはない

不會…、不可能…

接續方法▸{形容動詞詞幹な；[形容詞・動詞] 普通形}＋わけがない、わけはない

1 【強烈主張】表示從道理上而言，強烈地主張不可能或沒有理由成立，用於全面否定某種可能性。相當於「〜はずがない」，如例（1）〜（4）。

2 〖口語〗口語常會說成「わけない」，如例（5）。

例1 人形が独りでに動くわけがない。

洋娃娃不可能自己會動。

你說這娃娃剛自己動了？可是這洋娃娃可沒裝電池喔！

「わけがない」（不可能…）表示從道理上而言，這件事是絕對不可能的，這是說話人強烈主張那種事是不可能，或沒有理由成立的。

2 無断で欠勤して良いわけがないでしょう。

未經請假不去上班，那怎麼可以呢！

3 医学部に合格するのが簡単なわけはないですよ。

要考上醫學系當然是很不容易的事呀！

4 こんな重いかばん、一人で運べるわけがない。

這麼重的提包，一個人根本不可能搬得動。

5 「あれ、この岩、金が混ざってる。」「まさか、金のわけないよ。」

「咦？這塊岩石上面是不是有金子呀。」「怎麼可能，絕不會是黃金啦！」

grammar
127

〜わけだ

1. 當然…、難怪…；2. 也就是說…

類義表現

にきまっている
肯定是…、一定是…

接續方法 ▶ {形容動詞詞幹な；[形容詞・動詞] 普通形} ＋わけだ

1 【結論】表示按事物的發展，事實、狀況合乎邏輯地必然導致這樣的結果。
與側重於說話人想法的「〜はずだ」相比較，「〜わけだ」傾向於由道理、
邏輯所導出結論，如例（1）～（4）。

2 【換個說法】表示兩個事態是相同的，只是換個說法而論，如例（5）。

例1 **3年間留学していたのか。道理で英語がペラペラなわけだ。**

到國外留學了三年啊！難怪英文那麼流利。

我剛聽到你跟外國人交談，為什麼你能說得那麼流利呢？

原來是因為留學過啊！「わけだ」（怪不得…）表示按照前項的「留學了3年」這一事實，合乎邏輯地導出「英語說得這麼溜」這個結論。

---

2 **お母さんアメリカ人なの。じゃ、ハーフなわけだね。**

你媽媽是美國人啊？這麼說，你是混血兒囉。

3 **彼はうちの中にばかりいるから、顔色が青白いわけだ。**

因為他老待在家，難怪臉色蒼白。

4 **ふうん。それで、帽子からハトが出るわけだ。**

是哦？然後，帽子裡就出現鴿子了喔。

5 **昭和46年生まれなんですか。それじゃ、1971年生まれのわけですね。**

您是在昭和四十六年出生的呀。這麼說，也就是在一九七一年出生的囉。

～わけではない、わけでもない

並不是…、並非…

類義表現
ないこともない 並不是不…

接続方法▶ {形容動詞詞幹な；[形容詞・動詞] 普通形} ＋わけではない、わけでもない

【部分否定】 表示不能簡單地對現在的狀況下某種結論，也有其它情況。常表示部分否定或委婉的否定。

例1 食事をたっぷり食べても、必ず太るというわけではない。

吃得多不一定會胖。

他每餐都一定要吃很多東西才會飽，但卻一點都不胖。「わけではない」（並不是…）是否定上述的必然結果。

就一般的道理而言「吃很多」，必然會引起「一定會胖」這樣的結果。但用「わけではない」（並不是…）間接婉轉的否定了上述的必然結果。

2 現実の世の中では、誰もが自由で平等というわけではない。

在現實世界中，並不是每一個人都享有自由與平等。

3 結婚相手はお金があれば誰でもいいってわけじゃないわ。

並不是只要對方有錢，跟什麼樣的人結婚都無所謂哦。

4 人生は不幸なことばかりあるわけではないだろう。

人生總不會老是發生不幸的事吧！

5 喧嘩ばかりしているが、互いに嫌っているわけでもない。

老是吵架，也並不代表彼此互相討厭。

grammar 129

～わけにはいかない、わけにもいかない

不能…、不可…

類義表現
わけではない 並不是…、並非…

接續方法▶{動詞辭書形；動詞ている}＋わけにはいかない、わけにもいかない

【**不能**】表示由於一般常識、社會道德、過去經驗，或是出於對周圍的顧忌、出於自尊等約束，那樣做是行不通的，相當於「～することはできない」。

例1 友情を裏切るわけにはいかない。
友情是不能背叛的。

人説出外靠朋友，朋友就要講道義。

站在道義上，背叛朋友是不對的。這不是單純的「不行」，而是從一般常識、經驗或社會上普遍的想法。

2 休みだからといって、一日中ごろごろしているわけにはいかない。
雖説是休假日，總不能一整天窩在家裡閒著無事。

3 消費者の声を、企業は無視するわけにはいかない。
消費者的心聲，企業不可置若罔聞。

4 赤ちゃんが夜中に泣くから、寝ているわけにもいかない。
小寶寶半夜哭了，總不能當作沒聽到繼續睡吧。

5 式の途中で、帰るわけにもいかない。
不能在典禮進行途中回去。

～わりに（は）

（比較起來）雖然…但是…、但是相對之下還算…、可是…

類義表現
にしては
相對來說…

接續方法▶ {名詞の；形容動詞詞幹な；[形容詞・動詞] 普通形}＋わりに（は）

【比較】表示結果跟前項條件不成比例、有出入或不相稱，結果劣於或好於應有程度，相當於「～のに、～にしては」。

例1 この国は、熱帯のわりには過ごしやすい。

這個國家雖處熱帶，但住起來算是舒適的。

> 熱帯國家都給人有炎熱、難耐的印象，但這裡還蠻舒適的！

> 「わりには」（相對之下還算…）表示「過ごしやすい」（住起來舒適的）跟前項的「熱帯」（熱帯國家）在條件上互相矛盾。

2 北国のわりには、冬も過ごしやすい。

儘管在北部地方，不過冬天也算氣候宜人。

3 面積が広いわりに、人口が少ない。

面積雖然大，但人口相對地很少。

4 安かったわりにはおいしい。

雖然便宜，但挺好吃的。

5 やせてるわりには、よく食べるね。

瞧她身材纖瘦，沒想到食量那麼大呀！

131

〜をこめて

集中…、傾注…

類義表現
をちゅうしん にして
以…為重點

接續方法▶ {名詞}＋を込めて

1 **【附帶】** 表示對某事傾注思念或愛等的感情，如例（1）、（2）。

2 **〖慣用法〗** 常用「心を込めて（誠心誠意）、力を込めて（使盡全力）、愛を込めて（充滿愛）」等用法，如例（3）～（5）。

例1 みんなの幸せの為に、願いを込めて鐘を鳴らした。

為了大家的幸福，以虔誠的心鳴鐘祈禱。

「をこめて」（傾注…）表示為了大家的幸福，傾注了真誠的關愛而「鐘を鳴らした」（敲鐘）祈求。

這是傳説中敲了就會實現願望的鐘！願天下有情人終成眷屬！

2 思いを込めて彼女を見つめた。

那時滿懷愛意地凝視著她。

3 教会で、心を込めて、オルガンを弾いた。

在教會以真誠的心彈風琴。

4 力を込めてバットを振ったら、ホームランになった。

他使盡力氣揮出球棒，打出了一支全壘打。

5 彼の為に、愛を込めてセーターを編みました。

我用真摯的愛為男友織了件毛衣。

grammar 132 〜をちゅうしんに（して）、をちゅうしんとして

以…為重點、以…為中心、圍繞著…

類義表現
をもとに、をもとにして
以…為根據、以…為參考、在…基礎上

接續方法▶｛名詞｝＋を中心に（して）、を中心として

【基準】表示前項是後項行為、狀態的中心。

例1 点Aを中心に、円を描いてください。

請以A點為中心，畫一個圓圈。

> 「を中心に」（以…為中心）表示後項的「円を描く」（畫圓）這一動作行為，要以前項的「点A」（A點）為中心。也就是某事位於中心的狀態、行為或現象。

---

2 大学の先生を中心にして、漢詩を学ぶ会を作った。

以大學老師為中心，設立了漢詩學習會。

3 地球は、太陽を中心として回っている。

地球以太陽為中心繞行著。

4 パンや麺も好きですが、やっぱり米を中心とする和食が一番好きです。

我既喜歡麵包也喜歡麵食，不過最喜歡的還是以米飯為主的日本餐食。

5 Kansai Boys は、ボーカルのリッキーを中心とする5人組のバンドです。

Kansai Boys 是由主唱力基所領銜的五人樂團。

～をつうじて、をとおして

1. 透過…、通過…；2. 在整個期間…、在整個範圍…

類義表現
しだいだ
要看…而定

接續方法 ▶ {名詞}＋を通じて、を通して

1 【經由】表示利用某種媒介（如人物、交易、物品等），來達到某目的（如物品、利益、事項等）。相當於「～によって」，如例（1）～（3）。

2 【範圍】後接表示期間、範圍的詞，表示在整個期間或整個範圍內，相當於「～のうち（いつでも／どこでも）」，如例（4）、（5）。

例1 彼女を通じて、間接的に彼の話を聞いた。

透過她，間接地知道關於他的事情。

人脈是很重要的，透過人脈有時候可以獲取一些寶貴的訊息喔！

「を通じて」（透過…）表示利用前接的名詞「彼女」（她）為媒介，來達到某目的「彼の話を聞いた」（聽到關於他的消息）。

2 マネージャーを通して、取材を申し込んだ。

透過經紀人申請了採訪。

3 江戸時代、日本は中国とオランダを通して外国の情報を得ていた。

江戸時代的日本是經由中國與荷蘭取得了海外的訊息。

4 台湾は1年を通して雨が多い。

台灣一整年雨量都很充沛。

5 会員になれば、年間を通していつでもプールを利用できます。

只要成為會員，全年都能隨時去游泳。

～をはじめ、をはじめとする、をはじめとして

以…為首、…以及…、…等等

類義表現
をちゅうしんに
以…為重點、以…為中心

接續方法▶ {名詞} ＋をはじめ、をはじめとする、をはじめとして

【例示】表示由核心的人或物擴展到很廣的範圍。「を」前面是最具代表性的、核心的人或物。作用類似「などの、と」等。

例1 校長先生をはじめ、たくさんの先生方が来てくれた。

校長以及多位老師都來了。

我們結合中國功夫及街舞的表演，深受國際的肯定。今天的表演，校長跟老師們都來了，真是太高興啦！

「をはじめ」（以…為首）前接最具代表性的人物「校長」（校長），然後擴展到「たくさんの先生方」（許多老師）。

2 この病院には、内科をはじめ、外科や耳鼻科などがあります。

這家醫院有內科、外科及耳鼻喉科等。

3 小切手をはじめとするさまざまな書類を、書留で送った。

支票跟各種資料等等，都用掛號信寄出了。

4 富士山をはじめとして、日本の山は火山が多い。

以富士山為首的日本山岳有許多都是火山。

5 日本人の名字は、佐藤をはじめとして、加藤、伊藤など、「藤」のつくものが多い。

日本人的姓氏有許多都含有「藤」字，最常見的是佐藤，其他包括加藤、伊藤等等。

grammar 135

〜をもとに、をもとにして

以…為根據、以…為參考、在…基礎上

類義表現

にもとづいて
根據…、按照…

接續方法 ▶ {名詞}＋をもとに、をもとにして

【根據】表示將某事物做為啟示、根據、材料、基礎等。後項的行為、動作是根據或參考前項來進行的。相當於「〜に基づいて、〜を根拠にして」。

例1 いままでに習った文型をもとに、文を作ってください。

請參考至今所學的文型造句。

> 學了就要多用，用了就可以真正成為自己的！

> 「…をもとに」（以…為根據）表示以前項為依據或參考，來進行後項的行為。「…をもとに」也具有修飾説明後面的名詞的作用。

2 彼女のデザインをもとに、青いワンピースを作った。

以她的設計為基礎，裁製了藍色的連身裙。

3 集めたデータをもとにして、分析しました。

根據收集來的資料來分析。

4 『三国志演義』をもとにしたゲームがたくさん制作されている。

許多電玩遊戲都是根據《三國演義》為原型所設計出來的。

5 木下順二の『夕鶴』は、民話『鶴の恩返し』をもとにしている。

木下順二的《夕鶴》是根據民間故事的《白鶴報恩》所寫成的。

～んじゃない、んじゃないかとおもう

不…嗎、莫非是…

類義表現

ように～おもう
覺得好像…

接續方法▶{名詞な；形容動詞詞幹な；[形容詞・動詞]普通形}＋んじゃない、んじゃないかと思う

【主張】是「のではないだろうか」的口語形。表示意見跟主張。

例1 そこまで必要ないんじゃない。

沒有必要做到那個程度吧！

又是一個檸檬片的愛面族！這檸檬片也貼太多了吧！

用「んじゃない」表示說話人的看法是「沒必要做到那個程度」。

2 あの人、髪長くてスカート履いてるけど、男なんじゃない。

那個人雖然有一頭長髮又穿著裙子，但應該是男的吧？

3 大丈夫。具合悪いんじゃない。

你還好嗎？是不是身體不舒服？

4 そのぐらいで十分なんじゃないかと思う。

做到那個程度我認為已經十分足夠了。

5 花子。もうじき来るんじゃない。

花子？她不是等一下就來了嗎？

202

137 〜んだって

聽說…呢

類義表現
とか
好像…、聽説…

接續方法▶ {[名詞・形容動詞詞幹]な} ＋んだって；{[動詞・形容詞]普通形} ＋んだって

1 **【傳聞】**表示說話者聽説了某件事，並轉述給聽話者。語氣比較輕鬆隨便，是表示傳聞的口語用法，如例（1）～（4）。

2 **〖女性－んですって〗**女性會用「〜んですって」的説法，如例（5）。

例1 **北海道ってすごくきれいなんだって。**

聽説北海道非常漂亮呢！

> 如果想和別人分享自己聽説的內容，用「んだって」就對了！

> 我朋友剛從北海道回來，他説薰衣草田和函館夜景都很值得一看呢！

2 **林さんって、元やくざなんだって。**

聽説林先生之前是個流氓耶。

3 **田中さん、試験に落ちたんだって。**

聽説田中同學落榜了呢！

4 **来週、台風が来るかもしれないんだって。**

聽説下星期颱風可能會來喔。

5 **あの店のラーメン、とてもおいしいんですって。**

聽説那家店的拉麵很好吃。

grammar 138　～んだもん

因為…嘛、誰叫…

類義表現
もん
因為…嘛

接續方法▶ {[名詞・形容動詞詞幹]な}＋んだもん；{[動詞・形容詞]普通形}
＋んだもん

【理由】用來解釋理由，是口語説法。語氣偏向幼稚、任性、撒嬌，在説明時帶有一種辯解的意味。也可以用「～んだもの」。

例1 「なんでにんじんだけ残すの。」「だってまずいんだもの。」
「為什麼只剩下胡蘿蔔！」「因為很難吃嘛！」

胡蘿蔔的味道好討厭啊…我又不是兔子…。

想撒嬌或是辯解時，就用「んだもん」。

2 「お化け屋敷入ろうよ。」「やだ、怖いんだもん。」
「我們去鬼屋玩啦！」「不要，人家會怕嘛！」

3 「どうして私のスカート履くの。」「だって、好きなんだもの。」
「妳為什麼穿我的裙子？」「因為人家喜歡嘛！」

4 「どうして遅刻したの。」「だって、目覚まし時計が壊れてたんだもん。」
「你為什麼遲到了？」「誰叫我的鬧鐘壞了嘛！」

5 「あれ、もう帰るの。」「うん、なんか風邪ひいたみたいなんだもん。」
「咦，妳要回去了？」「嗯，因為人家覺得好像感冒了嘛！」

Grammar

來挑戰看看稍難的文法吧！做好萬全準備！邁向巔峰！

● {名詞である；形容動詞詞幹な；[形容詞・動詞]普通形} ＋ものの

アメリカに留学したとはいうものの、満足に英語を話すこともできない。
雖然去美國留學過，但英文卻沒辦法說得好。

說明 表示姑且承認前項，但後項不能順著前項發展下去。意思是：「雖然…但是…」。

● {名詞} ＋やら＋ {名詞} ＋やら、{形容動詞詞幹；[形容詞・動詞]普通形}
＋やら＋{形容動詞詞幹；[形容詞・動詞]普通形} ＋やら

近所に工場ができて、騒音やら煙やらで悩まされているんですよ。
附近開了家工廠，又是噪音啦，又是污煙啦，真傷腦筋！

說明 表示從一些同類事項中，列舉出兩項。意思是：「…啦…啦」、「又…又…」。

● {動詞辭書形} ＋よりほかない、よりほかはない

売り上げを伸ばすには、笑顔でサービスするよりほかはない。
想要提高銷售額，只有以笑容待客了。

說明 表示只有一種辦法，沒有其他解決的方法。意思是：「只有…」、「只好…」、
「只能…」。

● {名詞} ＋を＋ {名詞} ＋として、とする、とした

この競技では、最後まで残った人を優勝とする。
這個比賽，是以最後留下的人獲勝。

說明 把一種事物當做或設定為另一種事物，或表示決定、認定的內容。意思是：「把…
視為…」。

● {名詞；[動詞辭書形・動詞た形]の} ＋をきっかけに（して）、をきっかけとして

関西旅行をきっかけに、歴史に興味を持ちました。
自從去旅遊關西之後，便開始對歷史產生了興趣。

說明 表示某事產生的原因、機會、動機。意思是：「以…為契機」、「自從…之後」、
「以…為開端」。

● {名詞；[動詞辭書形・動詞た形]の} ＋をけいきに（して）、をけいきとして

子供が誕生したのを契機として、煙草をやめた。

自從小孩出世後，就戒了煙。

說明 表示某事產生或發生的原因、動機、機會、轉折點。意思是：「趁著…」、「自從…之後」、「以…為動機」。

● {名詞} ＋をとわず、はとわず

ワインは、洋食和食を問わず、よく合う。

無論是西餐或日式料理，葡萄酒都很適合。

說明 表示沒有把前接的詞當作問題、跟前接的詞沒有關係。意思是：「無論…」、「不分…」、「不管…，都…」、「不管…，也不管…，都…」。

● {名詞} ＋をぬきにして（は）、はぬきにして

政府の援助をぬきにしては、災害に遭った人々を救うことはできない。

沒有政府的援助，就沒有辦法救出受難者。

說明 表示去掉某一事項，或某一人物等，做後面的動作。意思是：「去掉…」、「抽去…」。

● {名詞} ＋をめぐって、をめぐる

その宝石をめぐる事件があった。

發生了跟那顆寶石有關的事件。

說明 表示後項的行為動作，是針對前項的某一事情、問題進行的。意思是：「圍繞著…」、「環繞著…」。

N3
TEST

JLPT

《新制對應手冊》

一、什麼是新日本語能力試驗呢？

1. 新制「日語能力測驗」
2. 認證基準
3. 測驗科目
4. 測驗成績

二、新日本語能力試驗的考試內容

N3 題型分析

*以上內容摘譯自「國際交流基金日本國際教育支援協會」的「新しい『日本語能力試驗』ガイドブック」。

一、什麼是新日本語能力試驗呢

1. 新制「日語能力測驗」

從2010年起實施的新制「日語能力測驗」（以下簡稱為新制測驗）。

1－1 實施對象與目的

新制測驗與舊制測驗相同，原則上，實施對象為非以日語作為母語者。其目的在於，為廣泛階層的學習與使用日語者舉行測驗，以及認證其日語能力。

1－2 改制的重點

改制的重點有以下四項：

1 測驗解決各種問題所需的語言溝通能力

新制測驗重視的是結合日語的相關知識，以及實際活用的日語能力。因此，擬針對以下兩項舉行測驗：一是文字、語彙、文法這三項語言知識；二是活用這些語言知識解決各種溝通問題的能力。

2 由四個級數增為五個級數

新制測驗由舊制測驗的四個級數（1級、2級、3級、4級），增加為五個級數（N1、N2、N3、N4、N5）。新制測驗與舊制測驗的級數對照，如下所示。最大的不同是在舊制測驗的2級與3級之間，新增了N3級數。

N1	難易度比舊制測驗的1級稍難。合格基準與舊制測驗幾乎相同。
N2	難易度與舊制測驗的2級幾乎相同。
N3	難易度介於舊制測驗的2級與3級之間。（新增）
N4	難易度與舊制測驗的3級幾乎相同。
N5	難易度與舊制測驗的4級幾乎相同。

＊「N」代表「Nihongo（日語）」以及「New（新的）」。

3 施行「得分等化」

由於在不同時期實施的測驗，其試題均不相同，無論如何慎重出題，每次測驗的難易度總會有或多或少的差異。因此在新制測驗中，導入「等化」的計分方式後，便能將不同時期的測驗分數，於共同量尺上相互比較。因此，無論是在什麼時候接受測驗，只要是相同級數的測驗，其得分均可予以比較。目前全球幾種主要的語言測驗，均廣泛採用這種「得分等化」的計分方式。

4 提供「日本語能力試驗Can-do自我評量表」（簡稱JPT Can-do）

為了瞭解通過各級數測驗者的實際日語能力，新制測驗經過調查後，提供「日本語能力試驗Can-do自我評量表」。該表列載通過測驗認證者的實際日語能力範例。希望通過測驗認證者本人以及其他人，皆可藉由該表格，更加具體明瞭測驗成績代表的意義。

1－3 所謂「解決各種問題所需的語言溝通能力」

我們在生活中會面對各式各樣的「問題」。例如，「看著地圖前往目的地」或是「讀著說明書使用電器用品」等等。種種問題有時需要語言的協助，有時候不需要。

為了順利完成需要語言協助的問題，我們必須具備「語言知識」，例如文字、發音、語彙的相關知識、組合語詞成為文章段落的文法知識、判斷串連文句的順序以便清楚說明的知識等等。此外，亦必須能配合當前的問題，擁有實際運用自己所具備的語言知識的能力。

舉個例子，我們來想一想關於「聽了氣象預報以後，得知東京明天的天氣」這個課題。想要「知道東京明天的天氣」，必須具備以下的知識：「晴れ（晴天）、くもり（陰天）、雨（雨天）」等代表天氣的語彙；「東京は明日は晴れでしょう（東京明日應是晴天）」的文句結構；還有，也要知道氣象預報的播報順序等。除此以外，尚須能從播報的各地氣象中，分辨出哪一則是東京的天氣。

如上所述的「運用包含文字、語彙、文法的語言知識做語言溝通，進而具備解決各種問題所需的語言溝通能力」，在新制測驗中稱為「解決各種問題所需的語言溝通能力」。

　　新制測驗將「解決各種問題所需的語言溝通能力」分成以下「語言知識」、「讀解」、「聽解」等三個項目做測驗。

語言知識	各種問題所需之日語的文字、語彙、文法的相關知識。
讀　　解	運用語言知識以理解文字內容，具備解決各種問題所需的能力。
聽　　解	運用語言知識以理解口語內容，具備解決各種問題所需的能力。

　　作答方式與舊制測驗相同，將多重選項的答案劃記於答案卡上。此外，並沒有直接測驗口語或書寫能力的科目。

2. 認證基準

　　新制測驗共分為N1、N2、N3、N4、N5五個級數。最容易的級數為N5，最困難的級數為N1。

　　與舊制測驗最大的不同，在於由四個級數增加為五個級數。以往有許多通過3級認證者常抱怨「遲遲無法取得2級認證」。為因應這種情況，於舊制測驗的2級與3級之間，新增了N3級數。

　　新制測驗級數的認證基準，如表1的「讀」與「聽」的語言動作所示。該表雖未明載，但應試者也必須具備為表現各語言動作所需的語言知識。

　　N4與N5主要是測驗應試者在教室習得的基礎日語的理解程度；N1與N2是測驗應試者於現實生活的廣泛情境下，對日語理解程度；至於新增的N3，則是介於N1與N2，以及N4與N5之間的「過渡」級數。關於各級數的「讀」與「聽」的具體題材（內容），請參照表1。

■ 表1 新「日語能力測驗」認證基準

級數	認證基準 各級數的認證基準，如以下【讀】與【聽】的語言動作所示。各級數亦必須具備為表現各語言動作所需的語言知識。

	級數	認證基準
困難 ↑ *	N1	能理解在廣泛情境下所使用的日語 【讀】・可閱讀話題廣泛的報紙社論與評論等論述性較複雜及較抽象的文章，且能理解其文章結構與內容。 ・可閱讀各種話題內容較具深度的讀物，且能理解其脈絡及詳細的表達意涵。 【聽】・在廣泛情境下，可聽懂常速且連貫的對話、新聞報導及講課，且能充分理解話題走向、內容、人物關係、以及說話內容的論述結構等，並確實掌握其大意。
	N2	除日常生活所使用的日語之外，也能大致理解較廣泛情境下的日語 【讀】・可看懂報紙與雜誌所刊載的各類報導、解說、簡易評論等主旨明確的文章。 ・可閱讀一般話題的讀物，並能理解其脈絡及表達意涵。 【聽】・除日常生活情境外，在大部分的情境下，可聽懂接近常速且連貫的對話與新聞報導，亦能理解其話題走向、內容、以及人物關係，並可掌握其大意。
	N3	能大致理解日常生活所使用的日語 【讀】・可看懂與日常生活相關的具體內容的文章。 ・可由報紙標題等，掌握概要的資訊。 ・於日常生活情境下接觸難度稍高的文章，經換個方式敘述，即可理解其大意。 【聽】・在日常生活情境下，面對稍微接近常速且連貫的對話，經彙整談話的具體內容與人物關係等資訊後，即可大致理解。
* 容易 ↓	N4	能理解基礎日語 【讀】・可看懂以基本語彙及漢字描述的貼近日常生活相關話題的文章。 【聽】・可大致聽懂速度較慢的日常會話。
	N5	能大致理解基礎日語 【讀】・可看懂以平假名、片假名或一般日常生活使用的基本漢字所書寫的固定詞句、短文、以及文章。 【聽】・在課堂上或周遭等日常生活中常接觸的情境下，如為速度較慢的簡短對話，可從中聽取必要資訊。

＊N1最難，N5最簡單。

3. 測驗科目

　　新制測驗的測驗科目與測驗時間如表2所示。

■ 表2　測驗科目與測驗時間＊①

級數	測驗科目 （測驗時間）			
N1	語言知識（文字、語彙、文法）、讀解 （110分）		聽解 （60分）	→
N2	語言知識（文字、語彙、文法）、讀解 （105分）		聽解 （50分）	→
N3	語言知識 （文字、語彙） （30分）	語言知識 （文法）、讀解 （70分）	聽解 （40分）	→
N4	語言知識 （文字、語彙） （30分）	語言知識 （文法）、讀解 （60分）	聽解 （35分）	→
N5	語言知識 （文字、語彙） （25分）	語言知識 （文法）、讀解 （50分）	聽解 （30分）	→

測驗科目為「語言知識（文字、語彙、文法）、讀解」；以及「聽解」共2科目。

測驗科目為「語言知識（文字、語彙）」；「語言知識(文法)、讀解」；以及「聽解」共3科目。

　　N1與N2的測驗科目為「語言知識（文字、語彙、文法）、讀解」以及「聽解」共2科目；N3、N4、N5的測驗科目為「語言知識（文字、語彙）」、「語言知識（文法）、讀解」、「聽解」共3科目。

　　由於N3、N4、N5的試題中，包含較少的漢字、語彙、以及文法項目，因此當與N1、N2測驗相同的「語言知識（文字、語彙、文法）、讀解」科目時，有時會使某幾道試題成為其他題目的提示。為避免這個情況，因此將「語言知識（文字、語彙、文法）、讀解」，分成「語言知識（文字、語彙）」和「語言知識（文法）、讀解」施測。

＊①：聽解因測驗試題的錄音長度不同，致使測驗時間會有些許差異。

4. 測驗成績

4−1 量尺得分

舊制測驗的得分，答對的題數以「原始得分」呈現；相對的，新制測驗的得分以「量尺得分」呈現。

「量尺得分」是經過「等化」轉換後所得的分數。以下，本手冊將新制測驗的「量尺得分」，簡稱為「得分」。

4−2 測驗成績的呈現

新制測驗的測驗成績，如表3的計分科目所示。N1、N2、N3的計分科目分為「語言知識（文字、語彙、文法）」、「讀解」、以及「聽解」3項；N4、N5的計分科目分為「語言知識（文字、語彙、文法）、讀解」以及「聽解」2項。

會將N4、N5的「語言知識（文字、語彙、文法）」和「讀解」合併成一項，是因為在學習日語的基礎階段，「語言知識」與「讀解」方面的重疊性高，所以將「語言知識」與「讀解」合併計分，比較符合學習者於該階段的日語能力特徵。

■ 表3　各級數的計分科目及得分範圍

級數	計分科目	得分範圍
N1	語言知識（文字、語彙、文法）	0～60
	讀解	0～60
	聽解	0～60
	總分	0～180
N2	語言知識（文字、語彙、文法）	0～60
	讀解	0～60
	聽解	0～60
	總分	0～180
N3	語言知識（文字、語彙、文法）	0～60
	讀解	0～60
	聽解	0～60
	總分	0～180

N4	語言知識（文字、語彙、文法）、讀解	0〜120
	聽解	0〜60
	總分	0〜180
N5	語言知識（文字、語彙、文法）、讀解	0〜120
	聽解	0〜60
	總分	0〜180

各級數的得分範圍，如表3所示。N1、N2、N3的「語言知識（文字、語彙、文法）」、「讀解」、「聽解」的得分範圍各為0〜60分，三項合計的總分範圍是0〜180分。「語言知識（文字、語彙、文法）」、「讀解」、「聽解」各占總分的比例是1：1：1。

N4、N5的「語言知識（文字、語彙、文法）、讀解」的得分範圍為0〜120分，「聽解」的得分範圍為0〜60分，二項合計的總分範圍是0〜180分。「語言知識（文字、語彙、文法）、讀解」與「聽解」各占總分的比例是2：1。還有，「語言知識（文字、語彙、文法）、讀解」的得分，不能拆解成「語言知識（文字、語彙、文法）」與「讀解」二項。

除此之外，在所有的級數中，「聽解」均占總分的三分之一，較舊制測驗的四分之一為高。

4－3 合格基準

舊制測驗是以總分作為合格基準；相對的，新制測驗是以總分與分項成績的門檻二者作為合格基準。所謂的門檻，是指各分項成績至少必須高於該分數。假如有一科分項成績未達門檻，無論總分有多高，都不合格。

新制測驗設定各分項成績門檻的目的，在於綜合評定學習者的日語能力，須符合以下二項條件才能判定為合格：①總分達合格分數（＝通過標準）以上；②各分項成績達各分項合格分數（＝通過門檻）以上。如有一科分項成績未達門檻，無論總分多高，也會判定為不合格。

N1～N3及N4、N5之分項成績有所不同，各級總分通過標準及各分項成績通過門檻如下所示：

級數	總分		分項成績					
			言語知識（文字・語彙・文法）		讀解		聽解	
	得分範圍	通過標準	得分範圍	通過門檻	得分範圍	通過門檻	得分範圍	通過門檻
N1	0～180分	100分	0～60分	19分	0～60分	19分	0～60分	19分
N2	0～180分	90分	0～60分	19分	0～60分	19分	0～60分	19分
N3	0～180分	95分	0～60分	19分	0～60分	19分	0～60分	19分

級數	總分		分項成績					
			言語知識（文字・語彙・文法）		讀解		聽解	
	得分範圍	通過標準	得分範圍	通過門檻	得分範圍	通過門檻	得分範圍	通過門檻
N4	0～180分	90分	0～120分	38分	0～60分	19分	0～60分	19分
N5	0～180分	80分	0～120分	38分	0～60分	19分	0～60分	19分

※上列通過標準自2010年第1回(7月)【N4、N5為2010年第2回(12月)】起適用。

　　缺考其中任一測驗科目者，即判定為不合格。寄發「合否結果通知書」時，含已應考之測驗科目在內，成績均不計分亦不告知。

4－4 測驗結果通知

　　依級數判定是否合格後，寄發「合否結果通知書」予應試者；合格者同時寄發「日本語能力認定書」。

■ N1, N2, N3

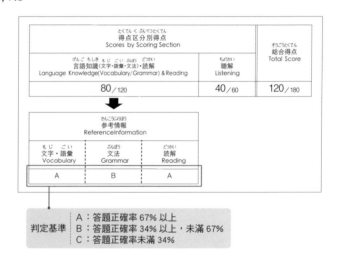

■ N4, N5

とくてん く ぶんべつとくてん 得点区分別得点 Scores by Scoring Section		そうごうとくてん 総合得点 Total Score
げんごちしき もじ ごい ぶんぽう どっかい 言語知識(文字・語彙・文法)・読解 Language Knowledge(Vocabulary/Grammar) & Reading	ちょうかい 聴解 Listening	
80 / 120	40 / 60	120 / 180

さんこうじょうほう
参考情報
ReferenceInformation

もじ ごい 文字・語彙 Vocabulary	ぶんぽう 文法 Grammar	どっかい 読解 Reading
A	B	A

判定基準
A：答題正確率 67% 以上
B：答題正確率 34% 以上，未滿 67%
C：答題正確率未滿 34%

※各節測驗如有一節缺考就不予計分，即判定為不合格。雖會寄發「合否結果通知書」但所有分項成績，含已出席科目在內，均不予計分。各欄成績以「＊」表示，如「＊＊／60」。
※所有科目皆缺席者，不寄發「合否結果通知書」。

二、新日本語能力試驗的考試內容

N3 題型分析

測驗科目 (測驗時間)			試題內容		
			題型	小題 題數 *	分析
語言知識 (30分)	文字、語彙	1	漢字讀音 ◇	8	測驗漢字語彙的讀音。
		2	假名漢字寫法 ◇	6	測驗平假名語彙的漢字寫法。
		3	選擇文脈語彙 ○	11	測驗根據文脈選擇適切語彙。
		4	替換類義詞 ○	5	測驗根據試題的語彙或說法,選擇類義詞或類義說法。
		5	語彙用法 ○	5	測驗試題的語彙在文句裡的用法。
語言知識、讀解 (70分)	文法	1	文句的文法1 (文法形式判斷) ○	13	測驗辨別哪種文法形式符合文句內容。
		2	文句的文法2 (文句組構) ◆	5	測驗是否能夠組織文法正確且文義通順的句子。
		3	文章段落的文法 ◆	5	測驗辨別該文句有無符合文脈。
	讀解 *	4	理解內容 (短文) ○	4	於讀完包含生活與工作等各種題材的撰寫說明文或指示文等,約150~200字左右的文章段落之後,測驗是否能理解其內容。
		5	理解內容 (中文) ○	6	於讀完包含撰寫的解說與散文等,約350字左右的文章段落之後,測驗是否能夠理解其關鍵詞或因果關係等等。
		6	理解內容 (長文) ○	4	於讀完解說、散文、信函等,約550字左右的文章段落之後,測驗是否能夠理解其概要或論述等等。
		7	釐整資訊 ◆	2	測驗是否能夠從廣告、傳單、提供各類訊息的雜誌、商業文書等資訊題材(600字左右)中,找出所需的訊息。

聽解 (40分)	1	理解問題	◇	6	於聽取完整的會話段落之後，測驗是否能夠理解其內容（於聽完解決問題所需的具體訊息之後，測驗是否能夠理解應當採取的下一個適切步驟）。
	2	理解重點	◇	6	於聽取完整的會話段落之後，測驗是否能夠理解其內容（依據剛才已聽過的提示，測驗是否能夠抓住應當聽取的重點）。
	3	理解概要	◇	3	於聽取完整的會話段落之後，測驗是否能夠理解其內容（測驗是否能夠從整段會話中理解說話者的用意與想法）。
	4	適切話語	◆	4	於一面看圖示，一面聽取情境說明時，測驗是否能夠選擇適切的話語。
	5	即時應答	◆	9	於聽完簡短的詢問之後，測驗是否能夠選擇適切的應答。

＊「小題題數」為每次測驗的約略題數，與實際測驗時的題數可能未盡相同。此外，亦有可能會變更小題題數。

＊有時在「讀解」科目中，同一段文章可能會有數道小題。

＊符號標示：「◆」舊制測驗沒有出現過的嶄新題型；「◇」沿襲舊制測驗的題型，但是更動部分形式；「○」與舊制測驗一樣的題型。

資料來源：《日本語能力試驗JLPT官方網站：分項成績‧合格判定‧合否結果通知》。2016年1月11日，取自：http://www.jlpt.jp/tw/guideline/results.html

N3
TEST

JLPT

*以「國際交流基金日本國際教育支援協會」的「新しい『日本語能力試験』ガイド ブック」為基準的三回「文法 模擬考題」。

問題1 考試訣竅

　　N3的問題1，預測會考13題。這一題型基本上是延續舊制的考試方式。也就是給一個不完整的句子，讓考生從四個選項中，選出自己認為正確的選項，進行填空，使句子的語法正確、意思通順。

　　過去文法填空的命題範圍很廣，包括助詞、慣用型、時態、體態、形式名詞、呼應和接續關係等等。應試的重點是掌握功能詞的基本用法，並注意用言、體言、接續詞、形式名詞、副詞等的用法區別。另外，複雜多變的敬語跟授受關係的用法也是構成日語文法的重要特徵。

文法試題中，常考的如下：

（1）副助詞、格助詞…等助詞考試的比重相當大。這裡會考的主要是搭配（如「なぜか」是「なぜ」跟「か」搭配）、接續（「だけで」中「で」要接在「だけ」的後面等）及約定俗成的關係等。在大同中辨別小異（如「なら、たら、ば、と」的差異等）及區別語感。判斷關係（如「心を込める」中的「込める」是他動詞，所以用表示受詞的「を」來搭配等）。

（2）形式名詞的詞意判斷（如能否由句意來掌握「せい、くせ」的差別等），及形似意近的辨別（如「わけ、はず、ため、せい、もの」的差異等）。

（3）意近或形近的慣用型的區別（如「について、に対して」等）。

（4）區別過去、現在、未來三種時態的用法（如「調べたところ、調べているところ、調べるところ」能否區別等）。

（5）能否根據句意來區別動作的開始、持續、完了三個階段的體態，一般用「…て＋補助動詞」來表示（如「ことにする、ことにしている、ことにしてある」的區別）。

（6）能否根據句意、助詞、詞形變化，來選擇相應的語態（主要是「れる、られる、せる、させる」），也就是行為主體跟客體間的關係的動詞型態。

　　從新制概要中預測，文法不僅在這裡，常用漢字表示的，如「次第、気味」等也可能在語彙問題中出現；而口語部分，如「もん、といったらありゃしない…等」，可能會在著重口語的聽力問題中出現；接續詞（如ながらも）應該會在文

問題１　つぎの文の（　　　）に入れるのに最もよいものを、１・２・３・４から一つえらびなさい。

1 ぬいぐるみ（　　　）あれば、この子はおとなしくしている。
　　１ さえ　　　　　２ わけ　　　　　３ こそ　　　　　４ や

2 目上の人と話す（　　　）、できるだけ敬語を使った方がいい。
　　１ 場面　　　　　２ 際は　　　　　３ うち　　　　　４ ついでに

3 「心配かけて、ごめん。」「謝る（　　　）なら最初からやるな。」
　　１ だけ　　　　　２ ぐらい　　　　３ しか　　　　　４ よる

4 私は60歳になるまで病気（　　　）病気をしたことがない。
　　１ のみたい　　　２ のらしい　　　３ みたい　　　　４ らしい

5 日本では、家に入るとき、靴を脱ぐことに（　　　）。
　　１ 決めている　　　　　　　　　　２ なっている
　　３ 決めないといけない　　　　　　４ 決めないではおかない

6 今日は朝から大雨だった。雨（　　　）、昼からは風も出てきた。
　　１ ながら　　　　２ に加えて　　　３ ところに　　　４ にわたって

7 友達と話している（　　　）、用事があったことを思い出した。

　1 現に　　　　　　2 とっさに　　　　　3 最中に　　　　　4 早急に

8 2ヶ月に及ぶ療養を終えて会社に（　　　）、交通事故に遭った。

　1 復帰したとたんに　　　　　　　　2 復帰したせいか

　3 復帰したきり　　　　　　　　　　4 復帰した以上は

9 現状からいうと、手元にある案件を（　　　）、その企画の準備には入れ

　ません。

　1 処理しつつも　　　　　　　　　　2 処理しながら

　3 処理したところに　　　　　　　　4 処理してからでないと

10 親戚に下宿するアパートを（　　　）もらっています。

　1 探し　　　　　　2 探して　　　　　3 探すを　　　　　4 探しに

11 大好きなペットを病気で（　　　）しまった。

　1 死なれて　　　　2 死なせて　　　　3 死されて　　　　4 死らせて

12 そこの資料をちょっと（　　　）いただけますか。

　1 拝見して　　　　2 拝見させて　　　　3 拝見し　　　　4 拝見する

13 先生はゴルフが大変（　　　）と伺っています。

　1 お上手でいらっしゃる　　　　　　2 お上手になさる

　3 お上手でおります　　　　　　　　4 お上手におられる

問題 2 考試訣竅

　　問題 2 是「部分句子重組」題，出題方式是在一個句子中，挑出相連的四個詞，將其順序打亂，要考生將這四個順序混亂的字詞，跟問題句連結成為一句文意通順的句子。預估出 5 題。

　　應付這類題型，考生必須熟悉各種日文句子組成要素（日語語順的特徵）及句型，才能迅速且正確地組合句子。因此，打好句型、文法的底子是第一重要的，也就是把文法中的「助詞、慣用型、時態、體態、形式名詞、呼應和接續關係」等等弄得滾瓜爛熟，接下來就是多接觸文章，習慣日語的語順。

　　問題 2 既然是在「文法」題型中，那麼解題的關鍵就在文法了。因此，做題的方式，就是看過問題句後，集中精神在四個選項上，把關鍵的文法找出來，配合它前面或後面的接續，這樣大致的順序就出來了。接下再根據問題句的語順進行判斷。這一題型往往會有一個選項，不知道放在哪個位置，這時候，請試著放在最前面或最後面的空格中。這樣，文法正確、文意通順的句子就很容易完成了。

＊請注意答案要的是標示「★」的空格，要填對位置喔！

問題2 つぎの文の __★__ に入る最もよいものを、1・2・3・4から一つえらびなさい。

（問題例）

昼休み_____ _____ __★__ _____、校庭で遊びます。

1 友達　　　2 と　　　3 は　　　4 に

（解答の仕方）

1 正しい文はこうです。

> 昼休み_____ _____ __★__ _____ 校庭で遊びます。
>
> 4 に　　　3 は　　　1 友達　　　2 と

2 __★__ に入る番号を解答用紙にマークします。

（解答用紙）　　　（例）　❶ ② ③ ④

---

1 美容院へ行った _____ _____ __★__ _____を間違えていました。

1 の　　　　　　　2 時間　　　　　　3 予約　　　　　　4 のに

2 来月の旅行では大きな _____ _____ __★__ _____ に泊まるつもりです。

1 の　　　　　　　2 旅館　　　　　　3 ある　　　　　　4 お風呂

3 あちこちに _____ _____ __★__ _____ がない。

1 警官が　　　　　　　　　　　　2 隠れよう

3 犯人は　　　　　　　　　　　　4 配備されているので

4 当店では _____ _____ __★__ _____ とりそろえています。

1 歯ブラシを　　　　　　　　　　2 生活用品を

3 カミソリや　　　　　　　　　　4 はじめとする

5 転職して _____ _____ __★__ _____ しなければなりません。

1 早起き　　　2 ものだから　　　3 遠くなった　　　4 職場が

問題 3 考試訣竅

「文章的文法」這一題型是先給一篇文章，隨後就文章內容，去選詞填空，選出符合文章脈絡的文法問題。預估出 5 題。

做這種題，要先通讀全文，好好掌握文章，抓住文章中一個或幾個要點或觀點。第二次再細讀，尤其要仔細閱讀填空處的上下文，就上下文脈絡，並配合文章的要點，來進行選擇。細讀的時候，可以試著在填空處填寫上答案，再看選項，最後進行判斷。

由於做這種題型，必須把握前句跟後句，甚至前段與後段之間的意思關係，才能正確選擇相應的文法。也因此，前面選擇的正確與否，也會影響到後面其他問題的正確理解。

做題時，要仔細閱讀 ☐ 的前後文，從意思上、邏輯上弄清楚是順接還是逆接、是肯定還是否定，是進行舉例說明，還是換句話說。經過反覆閱讀有關章節，理清枝節，抓住關鍵之處後，再跟選項對照，抓出主要，刪去錯誤，就可以選擇正確答案。另外，對日本文化、社會、風俗習慣等的認識跟理解，對答題是有絕大助益的。

問題 3 つぎの文章を読んで、 1 から 5 の中に入る最もよいものを 1・2・3・4から一つえらびなさい。

三月三日に行われるひな祭りは、女の子の節句です。この日はひな人形を飾り、白酒、ひし餅、ハマグリの吸い物などで祝うのが一般的です。

古代中国には、三月初旬の巳の日に川に入って汚れを清める上巳節という行事がありました。それが日本 1 伝わり、さらに室町時代の貴族の女の子たちの人形遊びである「ひない祭り」が合わさって、ひな祭りの原型ができていきました。

いまでも一部の地域に 2 「流しびな」の風習は、この由来にならって、子どもの汚れ(けが)をひな人形に移して、川や海に流したことから来ています。

3 近世の安土・桃山時代になると、貴族から武家の社会に伝わり、さらに江戸時代には、ひな祭りは庶民の間に 4 。このころには、ひな段にひな人形を置くとともに桃の花を飾るという、現代のひな祭りに近い形になっています。

ちなみに、桃の木は、中国で悪魔を打ち払う神聖な木と考えられていたため、ひな祭りに飾られるようになったといいます。

　　こうして、| 5 | 五節句の一つである、桃の節句が誕生しました。

「日本人のしきたり」飯倉晴武

| 1 |

1 から　　　　　2 に　　　　　　3 へは　　　　　4 と

| 2 |

1 残る　　　　　2 残した　　　　3 残られた　　　4 残された

| 3 |

1 すると　　　　2 したがって　　3 すなわち　　　4 やがて

| 4 |

1 広まっていきました　　　　　　2 広まるものがありました

3 広まるということでした　　　　4 広まることになっていました

| 5 |

1 一年の節目として重要というほど

2 一年の節目として重要といえば

3 一年の節目として重要とされた

4 一年の節目として重要というより

問題1　つぎの文の（　　　）に入れるのに最もよいものを、1・2・3・4
　　　　から一つえらびなさい。

1　何の連絡もしないで彼女が（　　　）はずがありません。
　　1　来た　　　　　　2　来るに　　　　　3　来ない　　　　　4　来て

2　A「また財布をなくしたんですか。」
　　B「はい。今年だけでもう5回目です。私ほどよくなくす人は（　　　）。」
　　1　いないでしょう　　　　　　　　　　2　いるでしょう
　　3　いたでしょう　　　　　　　　　　　4　いるかもしれません

3　新しい人に出会う（　　　）、新しい発見がある。
　　1　たびに　　　　　2　として　　　　　3　からして　　　　4　くせに

4　昨日の夜早く寝た（　　　）、今日は体調がとてもいい。
　　1　せいか　　　　　2　とおりで　　　　3　もので　　　　　4　ことに

5　本日は月曜日（　　　）、図書館は休館です。
　　1　につき　　　　　2　さえ　　　　　　3　につけ　　　　　4　についての

6　今年こそ、絶対にきれいになって（　　　）。
　　1　なさい　　　　　2　ばかり　　　　　3　みせる　　　　　4　だけ

7　卒業するためには単位を取ら（　　　）。
　　1　わけにはいかない　　　　　　2　ないわけではない
　　3　ないわけがわからない　　　　4　ないわけにはいかない

8 あれ、つかない。電池はこのまえ取り替えた（　　　）なのに。

1 もの　　　　　　2 ため　　　　　　　3 わけ　　　　　　　4 はず

9 もう一度挑戦してだめだったら、（　　　）しかない。

1 諦めて　　　　　2 諦めるの　　　　　3 諦めた　　　　　　4 諦める

10 このお米はふるさとの友達が（　　　）くれたものです。

1 送る　　　　　　2 送った　　　　　　3 送って　　　　　　4 送っている

11 そうですね。あと二、三日　（　　　）ください。

1 考えられて　　　2 考えさせて　　　　3 考えされて　　　　4 考える

12 気分が悪い方は、無理せずにお帰り（　　　）くださいね。

1 になって　　　　2 になさって　　　　3 させて　　　　　　4 られて

13 私の友達に、電車で足を（　　　）も逆に謝る人がいる。

1 踏ませて　　　　2 踏まれて　　　　　3 踏まされて　　　　4 踏まして

問題2　つぎの文の＿★＿に入る最もよいものを、1・2・3・4から一
　　　　つえらびなさい。

（問題例）

母 ＿＿＿ ＿＿＿ ＿★＿ ＿＿＿ まだ終わりません。

1 に　　　2 頼まれた　　　3 が　　　4 用事

（解答の仕方）

1　正しい文はこうです。

> 母 ＿＿＿ ＿＿＿ ＿★＿ ＿＿＿ まだ終わりません。
> 1 に　　　2 頼まれた　　　4 用事　　　3 が

2　＿★＿ に入る番号を解答用紙にマークします。

（解答用紙）　（例）　① ② ③ ❹

1　今回 ＿＿＿ ＿＿＿ ＿★＿ ＿＿＿ 知り合いです。

1 男性とは　　　　　　　　2 ことになった

3 もともと　　　　　　　　4 採用される

2　＿＿＿ ＿＿＿ ＿★＿ ＿＿＿ です。

1 ともかくとして　　　　　2 実現性は

3 プロジェクト　　　　　　4 夢のある

3　母は誰にも ＿＿＿ ＿＿＿ ＿★＿ ＿＿＿ 。

1 言えずに　　　　　　　　2 一人で

3 相違ない　　　　　　　　4 苦しんでいたに

4 ＿＿＿ ＿＿＿ ＿★＿ ＿＿＿ のにおいしくなかった。

1 勧められた　　　　　　　2 ウエートレスに

3 注文した　　　　　　　　4 とおりに

5 彼女は ＿＿＿ ＿＿＿ ＿★＿ ＿＿＿ 去っていきました。

1 振り向く　　　　　　　　2 手を

3 かわりに　　　　　　　　4 振りながら

問題3　次の文章を読んで、 1 から 5 の中に入る最もよいものを、
　　　　１・２・３・４から一つえらびなさい。

　友達の家に遊びに行くと、おじいさん、おばあさんがいるところがある。私が家の中に上がると、カズコちゃんのおばあちゃんみたいに、お母さんの次に出てきて、「いらっしゃい。いつも遊んでくれて、ありがとね。」などという人がいた。また、アキコちゃんのおばあちゃんみたいに、部屋いっぱいにおもちゃを散らかして遊んでいると、 1 部屋の隅に座っていて、私たちを 2 人もいた。

　「どうしてあんたたちは、片づけながら遊べないの？ひとつのおもちゃを出したら、ひとつはしまう。そうしないとほーらみてごらん。こんなに散らかっちゃうんだ。」そうブツブツ言いながら、彼女は這いつくばって、おもちゃ 3 ひとつひとつ拾い、おもちゃ箱の中に戻す。

　「やめてよ！」

　アキコちゃんは立ちあがっておばあちゃんのところに歩み寄り、片づけようとしたおもちゃをひったくった。

　「遊んでんだから、ほっといてよ。終わってからやるんだから。」

　「そんなこといったって、あんた。いつも 4 じゃないの。片付けるのはおばあちゃんなんだよ。」

　「ちがうもん。ちゃんと片づけてるもん。」

　「何いってるんだ。いくらおばあちゃんが、片づけなさいっていったって、 5 。」

　　　　　　　　　　　　　　　　　　　　「あたしが帰る家」群ようこ

1

1 いつの頃か　　　　　　　　2 いつか

3 この間　　　　　　　　　　4 いつの間にか

2

1 びっくりさせられる　　　　2 びっくりさせる

3 びっくりする　　　　　　　4 びっくりした

3

1 で　　　　　2 に　　　　　3 を　　　　　4 が

4

1 散らかしっぱなし　　　　　2 片づけっぱなし

3 拾いっぱなし　　　　　　　4 終わりっぱなし

5

1 知らんぷりする恐れがある

2 知らんぷりしないではいられない

3 知らんぷりしてるじゃないか

4 知らんぷりするにすぎない

問題1　つぎの文の（　　　）に入れるのに最もよいものを、1・2・3・4から一つえらびなさい。

1　こんな大雪の中、わざわざ遊びに出かける（　　　）。
　1 することはない　　　　　　　　2 にすぎない
　3 ことはない　　　　　　　　　　4 ほどはない

2　経済が発展する（　　　）、いろいろな物が簡単に買えるようになった。
　1 にともなって　　　　　　　　　2 にそって
　3 をとおして　　　　　　　　　　4 に限って

3　我が社の営業部門（　　　）、伊藤さんの営業成績が一番良い。
　1 ので　　　　　　　　　　　　　2 にあたっては
　3 にかけても　　　　　　　　　　4 においては

4　説明書（　　　）、必要なところに正しく記入してください。
　1 に関して　　　　　　　　　　　2 をとおして
　3 にとって　　　　　　　　　　　4 にしたがって

5　今日は一日雨でしたね。明日も雨（　　　）。
　1 みたいだ　　　　　　　　　　　2 はずだ
　3 べきだ　　　　　　　　　　　　4 ものだ

6　こちらは動物の形をした時計です。足が自由に動く（　　　）。
　1 ようになります　　　　　　　　2 ようにしっています
　3 ようになっています　　　　　　4 ようにします

7 霧で飛行機の欠航が出ているため、東京で一泊する（　　　）。
1 ことはなかった　　　　　　　　　2 ものではなかった
3 よりほかなかった　　　　　　　　4 に限りなかった

8 そんなに難しくないので、1時間ぐらいで（　　　）と思います。
1 できます　　　　　　　　　　　　2 できるの
3 できるだろう　　　　　　　　　　4 できて

9 おかげさまで退院して自分で（　　　）ようになりました。
1 歩ける　　　　　　　　　　　　　2 歩けて
3 歩けた　　　　　　　　　　　　　4 歩けるの

10 校長先生の話にはずいぶんと（　　　）させられました。
1 考え　　　　　　　　　　　　　　2 考えて
3 考える　　　　　　　　　　　　　4 考えた

11 どうぞこちらの応接間でお（　　　）ください。
1 待って　　　　2 待つ　　　　　　3 待ち　　　　　　4 待った

12 お酒を（　　　）お客様は、なるべく電車やバスをご利用ください。
1 ちょうだいなさる　　　　　　　　2 めしあがる
3 いただく　　　　　　　　　　　　4 いただかれる

13 このお菓子は伊藤さんから旅行のお土産として（　　　）。
1 いただきました　　　　　　　　　2 差し上げました
3 ちょうだいします　　　　　　　　4 差し上げます

問題2　つぎの文の＿★＿に入る最もよいものを、1・2・3・4から一つえらびなさい。

（問題例）

私が＿＿＿＿　＿＿＿＿　＿★＿　＿＿＿＿分かりやすいです。

1　普段　　　2　参考書は　　　3　使っている　　　4　とても

（解答の仕方）

1　正しい文はこうです。

私が＿＿＿＿　＿＿＿＿　＿★＿　＿＿＿＿分かりやすいです。

1　普段　　　3　使っている　　　2　参考書は　　　4　とても

2　＿★＿に入る番号を解答用紙にマークします。

（解答用紙）　　（例）　①　❷　③　④

1　毎日＿＿＿＿　＿＿＿＿　＿★＿　＿＿＿＿がよく分かるようになります。

1　する　　　　　2　授業　　　　　3　復習　　　　　4　と

2　ニュースを聞いて＿＿＿＿　＿＿＿＿　＿★＿　＿＿＿＿はいないと思います。

1　僕　　　　　2　びっくりした　　　3　ほど　　　　4　人

3　食事してすぐ車に＿＿＿＿　＿＿＿＿　＿★＿　＿＿＿＿ある。

1　気分が　　　　2　恐れが　　　　3　悪くなる　　　　4　乗ると

4　今の会社は＿＿＿＿　＿＿＿＿　＿★＿　＿＿＿＿文句はないです。

1　給料は　　　　　　　　　　　2　福利厚生も

3　もちろん　　　　　　　　　　4　しっかりしているので

5 彼女はおっとりしている ＿＿＿ ＿＿＿ ＿★＿ ＿＿＿ もありますよ。

1 気の　　　　　2 一面　　　　　3 強い　　　　　4 反面

問題3 つぎの文章を読んで、 1 から 5 の中に入る最もよいものを、
1・2・3・4から一つえらびなさい。

むかしは、今のように物資が有り余るほど有りませんでしたから、派手な贈り物は有りませんがほかの家からいただいたもののお裾分けとか、家で煮たお豆をちょっと隣へ 1 とかは、今より 2 たくさんしましたし、それはまた心が 3 楽しいことでした。

私は、いつでもいただきもののおまんじゅうを半分どこかへ差し上げたくなりますが、箱から半分出したものなど、今では 4 差し上げられません。牛乳や新聞を配達する少年たちだって、もうこんな物は 5 世の中になってしまいました。

（桑井いね『続・おばあちゃんの知恵袋』
文化出版局 一部、語彙変更あり）

1
1 差し上がる　　2 差し込む　　　3 差し押さえる　　4 差し上げる

2
1 さっさと　　　2 ずっと　　　　3 じっと　　　　　4 ぐっすりと

3
1 こもって　　　2 こめて　　　　3 こんで　　　　　4 こまって

4
1 失礼で　　　　2 面倒で　　　　3 ご無沙汰で　　　4 仕方なく

5
1 欲しがらないではいられない　　　2 欲しいに違いない

3 欲しいどころではない　　　　　　4 欲しがらない

新制日檢模擬考題解答

第一回

問題1

1	1	2	2	3	2	4	4	5	2
6	2	7	3	8	1	9	4	10	2
11	2	12	2	13	1				

問題2

| 1 | 1 | 2 | 3 | 3 | 3 | 4 | 4 | 5 | 2 |

問題3

| 1 | 2 | 2 | 1 | 3 | 4 | 4 | 1 | 5 | 3 |

第二回

問題1

1	3	2	1	3	1	4	1	5	1
6	3	7	4	8	4	9	4	10	3
11	2	12	1	13	2				

問題2

| 1 | 1 | 2 | 4 | 3 | 4 | 4 | 4 | 5 | 2 |

問題3

| 1 | 4 | 2 | 2 | 3 | 3 | 4 | 1 | 5 | 3 |

第三回

問題 1

| 1 | 3 | 2 | 1 | 3 | 4 | 4 | 4 | 5 | 1 |

| 6 | 3 | 7 | 3 | 8 | 3 | 9 | 1 | 10 | 1 |

| 11 | 3 | 12 | 2 | 13 | 1 |

問題 2

| 1 | 4 | 2 | 2 | 3 | 3 | 4 | 2 | 5 | 3 |

問題 3

| 1 | 4 | 2 | 2 | 3 | 1 | 4 | 1 | 5 | 4 |

【秒殺檢定QR碼 08】

[25K 附QR碼線上音檔]

■ 發行人／**林德勝**

■ 著者／**吉松由美、田中陽子、西村惠子、林勝田、**
山田社日檢題庫小組

■ 出版發行／**山田社文化事業有限公司**
臺北市大安區安和路一段112巷17號7樓
電話　02-2755-7622
傳真　02-2700-1887

■ 郵政劃撥／**19867160號　大原文化事業有限公司**

■ 總經銷／**聯合發行股份有限公司**
新北市新店區寶橋路235巷6弄6號2樓
電話　02-2917-8022
傳真　02-2915-6275

■ 印刷／**上鎰數位科技印刷有限公司**

■ 法律顧問／**林長振法律事務所　林長振律師**

■ 書＋QR碼／**定價　新台幣 349 元**

■ 初版／**2024年 5 月**

© ISBN :978-986-246-829-6
2024 Shan Tian She Culture Co. , Ltd.